suhrkamp taschenbuch 1935

Hermann Lenz, am 26. 2. 1913 in Stuttgart geboren, studierte Germanistik, Kunstgeschichte und Philosophie in München und Heidelberg. Seit 1976 lebt Hermann Lenz in München. Er debütierte 1936 mit Gedichten und schrieb sodann Erzählungen, *Das stille Haus*, 1947, *Das doppelte Gesicht*, 1949, denen 1959 sein erster Roman *Der russische Regenbogen* und weitere Romane und Erzählungen folgten. Das Werk von Hermann Lenz wurde 1978 mit dem Büchner-Preis und 1987 mit dem Petrarca-Preis ausgezeichnet.

Auf die »Zwischenräume« kommt es einem der Protagonisten in Hermann Lenz' neuer Erzählung, dem Maler Robert Roß, an. Bei seinen Bildern verleihen die Zwischenräume den Gegenständen ihre Form, lassen die Konstellationen zwischen ihnen hervortreten, aber auch das einzelne, so daß es von ihm in der Kunstwelt heißt, seine Bilder seien »zwar, was ihr Äußeres betraf, traditionalistisch oder konservativ gemalt, aber von innen her und durch die Farbschicht hindurch oder weil alle Wirkung ins einzelne und Kleine vertieft wurde, modern«.

Und indem Hermann Lenz, wie sein Protagonist, das einzelne und Kleine vertieft, läßt er ein Panorama unserer Zeit deutlich werden – mit all ihren Verlusten, aber auch den Momenten, die an vergangenes glückliches Leben erinnern und ein zukünftiges glückliches Leben bewahren.

»Das Buch, ein filigranes Gebilde aus Beobachtung und Andeutung, aus Gefühl und Nachdenklichkeit, enthält ein Zeitbild, wie ich es eigenartiger und subtiler nie gelesen habe: gezeichnet aus der Sicht eines Mannes, der kein Zeitgenosse ist, der die Zeit doch versteht und erhellt, indem er sie nachdenklich beobachtet, und auch, indem er in sich selber hineinschaut.«

Elsbeth Pulver, Berner Zeitung

Hermann Lenz
Jung und Alt

Erzählung

Suhrkamp

Umschlagabbildung: Karl Schmidt-Rottluff.
Gelbe Palette. 1953.

suhrkamp taschenbuch 1935
Erste Auflage 1992

Lizenzausgabe mit freundlicher Genehmigung des
Insel Verlags Frankfurt am Main und Leipzig
Suhrkamp Taschenbuch Verlag

Druck: Nomos Verlagsgesellschaft, Baden-Baden
Printed in Germany
Umschlag nach Entwürfen von
Willy Fleckhaus und Rolf Staudt

1 2 3 4 5 6 – 97 96 95 94 93 92

Jung und Alt

I

Das Hochhaus ragte wie hineingerammt in diese sanfte Landschaft mit den Hügeln in der Ferne, als es dunkel wurde und Lore sich verwunderte, weil es ihr vorkam, nun sähe sie zum ersten Mal die kleinen und verstreuten Fachwerkhäuser und der zementierte Hochhaus-Zyklopenfuß werde sie zerstampfen. Ringsum war das Erdreich umgewälzt von Baufahrzeugen, und nur ein Trampelpfad führte durch glitschige, rotbraune Erde weiter, die im Zwielicht kaum zu sehen war. Der Abendhimmel glänzte messingfarben, und davor erhob sich dieser Wohnklotz dunkelviolett, kantig und kahl.

Einzelne Fenster leuchteten darin. Immer noch standen in dem Mietshaus-Ungetüm Wohnungen leer. Wenn Lore an die Zimmer dachte, die sie dort im elften Stock bewohnte und deren Möbel immer noch nicht so geordnet waren, wie sie's haben wollte, wunderte sie sich, wie laut es bei ihr war, die Luft durchwühlt von Rauschen und von Brausen.

Du hast gedacht, dort oben seist du alledem enthoben...

Aber sie konnte jetzt, hier unten in der Stille bei einzelnen Fachwerkhäusern, auf Brennesselbüsche zwischen Zaunlatten schauen und weiße Windenblüten sehen, die heute aufgegangen waren. Dabei erinnerte sie die Form dieser Blüten an die Trichter altmodischer Grammophonapparate, die jetzt wieder als Antiquität geachtet wurden, was ihr sonderbar erschien; denn Altes paßte nicht zu dieser Zeit. Und sie kaufte in einer Gärtnerei bei einer weißhaarigen Frau, die ein Kopftuch und einen langen Rock trug, drei Büschel Petersilie und überlegte, ob sich solch eine Gärtnersarbeit auszahle, weil der finanzielle Ertrag niemals den Arbeitslohn decken konnte. Trotzdem tat's ihr wohl, bei dieser alten Frau zu sein, mit ihr zu reden, sich vorzustellen, wie sie lebte (nicht so chaotisch wie du selber) und sie insgeheim zu beneiden.

Am besten aber mochte es Robert gehen. Und sie erinnerte sich, daß sie zu ihm gesagt hatte: »... wenn man, wie du, seinen Neigungen lebt.« Er hatte beiseitegeschaut, als dächte er: die hat eine Ahnung... ihr aber zugenickt. Dem war's wahrscheinlich angenehm, wenn man von ihm dachte, er habe ein schlaues Leben, obwohl sie die spitze Bemerkung (du gibst es vor dir zu) nur gemacht hatte, um seinen Widerspruch herauszufordern; denn Robert beklagte sich nie und erzählte niemals etwas von sich selbst.

Statt dessen ließ er sich erzählen und erwies sich als zartfühlend, falls man heutzutage dieses Wort gebrauchen durfte. Du richtest dich nach dem allgemeinen Geschmack und überlegst bei jedem Wort, ob es in deine Zeit paßt, dachte sie und wußte, daß Robert sich anders verhielt. – »Wenn ich so wär' wie du, dann müßte ich meine Arbeit in jeder Saison anders machen«, pflegte er zu sagen und beiseite zu schauen, lächelnd allerdings. Als ob er andeuten wolle, was er über sein Geschäft verlauten lasse, das bedeute nichts, und nur den anderen stehe darüber ein Urteil zu. Und es befremdete sie, wenn er von »den anderen« sprach. Als wäre zwischen ihm und denen eine Kluft und man habe sich nichts zu sagen.

Wahrscheinlich war für ihn die Welt so eingeteilt: Er auf der einen Seite und die anderen weitab. Weshalb du das (schmerzende) Gefühl nicht loswirst, auch du gehörtest für ihn zu »den anderen«. Und sie erinnerte sich an Roberts Wohnung im dritten Stock eines Hauses in der Olgastraße, das eine Fassade aus Sandsteinquadern hatte und mit Säulen und einem Balkon geschmückt war. Als feine Wohngegend der siebziger Jahre des vergangenen Jahrhunderts erschien die Olgastraße wie ein Denkmal, das geschützt wurde.

Robert wohnte dort mit seiner Schwester in den Zimmern, wo er aufgewachsen war. – »Die Wohnung ist zu groß für uns, aber wir sind sie gewohnt«, pflegte er zu sagen und fügte nebenbei hinzu, er bleibe dort nur seines stillen Zimmers wegen, was Lore ihm nicht glaubte. Der will doch nur weit weg von dir sein... Freilich, das Zimmer war ihm wichtig, weil er darin seit Jahrzehnten seine zerbeulten Konservendosen mit leeren Flaschen zusammenstellte, um sie zu malen.

Bei Robert war alles geordnet. Er brauchte lange, bis er die Farbtöne so auf der Leinwand hatte, daß sie »durchscheinend« aussahen. Das Wort entschlüpfte ihm zuweilen, aber dann fügte er schnell hinzu, das sei natürlich Unsinn, weil Ölfarbe auf einer Leinwand nie so herauskomme, daß jemand hindurchschauen könne. Und, was wolle man schon hier im Leben anderes machen als sozusagen etwas Hiesiges.

Das glaubst du ihm nie. Und sie hatte das Gefühl, als wäre es ihr dann und wann vielleicht einmal gelungen, etwas von dem zu sehen, was er in seine Bilder hineinlegte oder hineinstrahlte. Sonderbares Wort, dieses »Hineinstrahlen«, aber sie wurde es bei ihm nicht los.

Der ging natürlich nie von seiner Schwester weg. In der Wohnung war noch alles so wie zu den Zeiten seiner Eltern, und auf dem schwarzen Buffet stand Rousseau als gipserner Kopf nach einem französischen Bildwerk. Den hatte Robert auf der Kunstakademie gemacht. Und nachher immer nur diese Bilder von versammeltem, arrangiertem Schrott. Vielleicht, daß er dann und wann ein verrostetes Türschloß gemalt hatte.

Hinter der Gärtnerei ging sie neben den Geleisen und kam auf den betonierten Bahnsteig. Wenig später fuhr der Zug ein, und Robert kam ihr im grünen Trenchcoat entgegen. Er war etwas kleiner als sie und hatte dichtes schwarzes, kurz geschorenes Haar.
»Bei euch ist's nicht mal naß. Bei uns hat es gepflatscht«, sagte er, und sie antwortete: »Kommt noch.« Dann hängte sie sich bei ihm ein und hatte, der aufkommenden Tränen wegen, Mühe, sich zu beherrschen. – »Entschuldige, aber es ist nur wegen meinem Sohn. Ich weiß, es müßte ›meines Sohnes wegen‹ heißen, aber er ist jetzt schon vierzehn Tage weg. Erst heute habe ich erfahren, daß er in einem Zelt schläft. Der hat wieder mal ein fremdes Auto aufgemacht und ist damit losgebraust. Dabei fühlt er sich dann ›ganz toll‹, bis er im Straßengraben liegt. Natürlich ist die Polizei hinter ihm her. ›Ich will es nicht tun, aber ich kann es nicht zurückhalten, wenn's mich immer wieder hineinzieht‹, sagt er. Aber das weißt du längst.« Und sie dachte, ein Künstler wie Robert, der auch noch ein ordentlicher Mensch war, sei eigentlich nicht das Richtige. Allmählich schienen sogar seine Bilder etwas wert zu werden. Trotzdem ließ er sich vom strengen Leben nicht abbringen.
Du möchtest ihn zwar nicht heiraten, aber wenn er für dich immer greifbar wäre, hättest du nichts dagegen einzuwenden. Allerdings nur, weil er so geschickt ist. Er könnte dir helfen, wenn die Tür klemmt oder der Tauchsieder repariert werden muß. Und sie fragte ihn, ob er auch jetzt noch am Neujahrsmorgen zu seinem Hausbesitzer gehe, ein Bild unter dem Arm. Seit Jahrzehnten brachte er dem immer an Neujahr ein Bild, damit er die Miete nicht erhöhte.
Robert schüttelte den Kopf: »Heuer hat er die Miete erhöht. Freilich, er kann nichts dafür. Seine Tochter und

sein Schwiegersohn haben ihn in der Hand. Der hat so viel draufgeschlagen, daß er mir mindestens fünf Bilder zurückgeben sollte. Was er nie tun wird.«
Im Lift schaute er die abgewetzte Tür an, die beschmiert und bekritzelt war. Er lächelte und sagte: »Wenn sich die Jungen nur wohler fühlen als wir, damals in unserer Jugend.« Er schien in die Vergangenheit zurückzuschauen, deutete an die Wand und sagte, zu seiner Zeit habe in jedem Lift ein Spiegel gehangen. – »Heut würde der hier am ersten Tag zerschlagen«, fuhr es ihr heraus. Und sie hatte ein Gefühl glitschigen Ekels, weil ihr die Freunde ihres Sohns einfielen. »Glücklicher als wir sind die auch nicht«, sagte sie und deutete auf die Wandschmierereien, während der Lift knakkend einrastete und zurücksackte. Merkwürdig, daß hier alles schon so abgenützt aussah, als wäre es zehn Jahre alt. Die Zerstörungslust ... Und eigentlich befremdete es sie, daß Robert all dies wahrzunehmen schien, ohne davon berührt zu werden. Der war von seiner Kunst unverwundbar gemacht, aber auch von seinem Alter. Und du vergißt immer, daß du neunzehn Jahre jünger bist als er. Der mochte sich vielleicht nicht mehr einlassen aufs Hin und Her der Gefühlsströme zwischen Liebesleuten (wenigstens kam's ihr so vor). Und ihr fiel ein, daß sie oft gedacht hatte, ihm sei wohler, wenn er nicht mit ihr allein sein müsse. Aber manchmal ließ er sich doch überreden, zu ihr hinauszufahren (beispielsweise heute). Und er begrüßte die rothaarige Helga Kißling, die vor Lores Tür wartete, als auch schon der Buchhändlerlehrling um die Ecke kam, von dem Helga ein Kind hatte. Deren Zweierbeziehung war kaputt, und beide wollten wieder einmal von ihr das Kaputte leimen lassen, sozusagen.
»Nein, ich kann nicht. Geht jetzt weg.«
Die Wörter fuhren ihr geschärft heraus, und sie sah Roberts Augen größer werden, als dächte er: so kenn' ich dich ja gar

nicht. Daß er kaum eine Zärtlichkeit wagte, befremdete sie. Oder hielt er sich zurück und dachte: es niemals so weit kommen lassen, bitte schön... Jedenfalls hatte sie ihn im Verdacht, daß er mit sich selber wie mit einem Fremden umging. Auch kam's ihr vor, als ob er früher mal etwas erfahren hätte, was ihn hatte zurückzucken lassen. Weshalb er sich niemals mehr hinaustrauen würde aus seinem mühsam geflickten Schneckenhaus. Ein lebenslanger Junggeselle halt, dieser Kleine mit den feinen, geschärften Gesichtszügen, dem brünetten Teint und diesem dichten schwarzen, kurz geschorenen Haar, das ihn jünger machte, als er war (beinahe sechzig).

Sie wollte ihn eintreten lassen, er aber ließ sie vorausgehen. – »Daran ist meine bürgerliche Kinderstube schuld«, sagte er und schmunzelte. Es war spöttisch gemeint. Weil sie freier als er leben wollte – die eingeengte Lebensart der Alten mußte überwunden werden –, erschien ihr alles sogenannte Bürgerliche als belächelnswert (obwohl du's mit deiner Verachtung alles Bürgerlichen auch nur zum unehelichen Kind gebracht hast). Immerhin, als Lehrerin für Werkunterricht (Töpfern, Zeichnen, Holz- und Linolschneiden, auch ein bißchen Modellieren) bist du sozusagen erfolgreich, dachte sie und erzählte Robert, sie habe einen ihrer Schüler sagen hören: »Die Frau Ritter ist wenigstens ein Mensch.« Das tat wohl, und sie sagte: »Nun ja, ich lasse sie halt machen...« Dabei erinnerte sie sich an ihre »Maskenstunde«, wie sie ihre gestrige Unterrichtsstunde nannte. Da hatte sie zu den Burschen gesagt: »Heute wollen wir unser Gesicht abbilden« und ihnen erklärt, daß es darauf ankomme, den vielfältigen Formen des eigenen Gesichts beim Auflegen einer Gipsmaske nachzuspüren. – »Ach was, Frau Ritter«, hatte der Klassensprecher erwidert, »wir wollen nicht unser

Gesicht, sondern unsern Arsch abbilden.« – »Wie ihr wollt. Dann aber, bitte, draußen auf dem Klo«, hatte sie geantwortet, worauf die meisten ihre Hinterteile abgebildet hatten. Denen, die im Lehrsaal geblieben waren, um ihr Gesicht abzubilden, hatte sie geraten, Brauen und Bärte – einer hatte bereits einen Bart – mit Hautcreme einzusalben, damit die Haare nicht im trocknenden Gips hängenblieben. Die ihre Hinterteile für die Nachwelt festhielten, beschwerten sich hernach, weil ihnen der Gips Schamhaare ausgerissen habe, was schmerzhaft gewesen sei.

Robert freute sich. Ja, sie konnte sich wehren. Die Burschen mußte man hintenherum in den Griff bekommen, sozusagen. Lore schämte sich insgeheim, daß sie diesen Ausdruck gebrauchte, der an »Polizeigriff« denken ließ, und hörte Robert sagen, sie komme also auch nicht ohne List und Ironie durch. – »Ohne das bin ich verkauft«, sagte sie, und Robert nickte ihr zu. Solch ein bißchen »bürgerliche« Erziehung war nicht zu verachten, das mußte sie Robert zugeben. Und als er sagte, schließlich freue es sie doch, wenn er ihr in den Mantel helfe oder vorausgehe ins Café, beim Verlassen aber hinter ihr bleibe und ihr die Tür öffne; wie es sich gezieme für den Herrn, der eine Dame begleite, gab sie es zu. – »Auf den Briefcouverts aber läßt man die Wörter ›Herr‹ oder ›Frau‹ weg, nicht wahr?« fügte er hinzu, und sie erwiderte, »Herr« und »Frau« seien ein alter Zopf aus der Feudalzeit.

Er nickte und hob die Hand. Dann schaute er durchs Fenster. Draußen weitete sich das Land. Felder und Wiesen lagerten wie sorgfältig gezeichnet im weiten Talgrund bis zu den Hügeln, die drüben dunkelblau ausgedehnt waren, während auf der fahlen Autobahn Lichter huschten. Das Rauschen drang herüber. Westen zu war ein Teil der Stadt als helles Gewebe unter einem dunklen Himmel sichtbar, der wie eine steile Mauer emporragte. Sie grenzte an das

Band aus blankem Licht, das immer noch weit draußen der Dunkelheit trotzte und vor dem der Regen niederging als eine rötliche Schraffur.
Ohne Robert hätte sie dies nie bemerkt. Seltsam, daß sie, wenn er hier war, sich seine Augen und seine Empfindung auslieh, als ob sie sich in ihn hineinstehle oder in ihm verflüchtige. Und wieder einmal überlegte sie, was sie nun schon so lange Zeit mit ihm verband. Doch nur, daß du alles erzählen kannst. Der hörte gerne zu. Nie hatte er gesagt, ihr Sohn sei nur deshalb mißraten, weil er ohne Vater aufgewachsen war. Der Bewährungshelfer hatte sich diese Bemerkung nicht verkneifen können, während sie selbst gedacht hatte, schließlich seien andere Söhne auch verwildert, obwohl sie Väter hatten. Aber vielleicht mangelte denen das Interesse an ihren Kindern, oder sie waren schwach. Ob du wohl deshalb schuldig bist am verwilderten Lebenswandel deines Sohns, weil du ihm alles zulieb tust? Als Mutter mußt du immer zu ihm halten.
Wieder einmal sprach sie über ihren Sohn, der Joe genannt wurde, während sie immer noch Uli zu ihm sagte. Ohne Führerschein hatte er ein fremdes Auto gefahren, eines aus der Nebenstraße, das er in großspurigem, großsprecherischem Gestus gekapert hatte, damit die andern etwas zum Staunen hatten und ihn bewundern mußten. Dann war er geschnappt worden, übrigens im Straßengraben, wohin er das Auto gefahren hatte. Zufällig war eine Streife vorbeigekommen (zwei »Bullen« zu Fuß). Und weil's zum zweiten Mal geschehen war, hatte es für das Gefängnis gereicht (ohne Bewährung).
»Du hast damals gesagt: ›Wenn sie ihn einkasteln, lernt er vielleicht mal was Rechtes‹ . . . Das war gemein«, sagte sie zu Robert, der erwiderte: »Seine Gesellenprüfung als Automechaniker könnte er jedenfalls im Gefängnis machen. In Freiheit glückt's ihm nie.«

»Das kann schon stimmen. Aber als Mutter nehme ich's dir übel. Das ist ein grobes Wort.« Und nach einer Weile fügte sie hinzu: »Ohne diesen Zufall mit der Streife hätten die meinen Sohn nie erwischt.«

2

Gut, daß sie zu ihrem Sohn hielt, obwohl's ihm wahrscheinlich nur schadete. Lore war ihm gegenüber zu nachsichtig, vielleicht auch zu gefügig. Und was sie selbst betraf, so war sie zu gescheit. Wenn sie von ihm erzählte, klang in ihrer Stimme ein belustigter Ton mit, wahrscheinlich weil es sie amüsierte, was er sagte und wie er sich verhielt. Oder fürchtete sie sich vor dem, was sie mit ihm erleben würde, und lachte sie deshalb?

So hatte sie einmal berichtet, wie sie ihren Sohn hatte überzeugen wollen, er handle sich nur Widerwärtigkeiten, Scherereien ein, wenn er sich immer wieder mit der Polizei anlege. – »Das ist doch *mein* Bier«, hatte er ihr geantwortet, und Robert stellte sich Lores Lächeln neben dem Glas mit dem roten Wein vor. Sie mochte dabei gedacht haben, solch eine Antwort sei jedenfalls ehrlich, und um dieser Ehrlichkeit willen liebte sie ihren Sohn. Ihm glich sie sich an, sagte »Bullen« statt Polizisten und hatte sich seit wenigen Wochen auch in Geschmackssachen ihrem Sohne angenähert, indem sie graues Briefpapier benutzte, das nicht durch umweltschädliche Chemieprodukte gereinigt worden war. Kurioserweise waren die grauen Briefbögen mit altmodischen Bildchen geschmückt, beispielsweise dem Ausblick in ein sanftes Tal, wo Rauch aus einem Bauerngehöft in die Höhe stieg. Seltsam, daß ihr Sohn, der an schnellen Maschinen geradezu fanatisch interessiert war, auch für stille Landschaften, zumindest auf dem Papier, etwas übrig zu haben schien. Oder richtete er sich dabei nur nach der Mode? Unter jungen Herrschaften war jetzt solch umweltfreundliches Papier beliebt. Und Robert sah den Burschen vor sich, schmalgesichtig und bleich, im Anorak. Ein angewiderter Zug belebte manchmal seine feinen Lippen, und Robert dachte: kalt und schön ... Aber dies stimmte nicht, weil Uli rasch redete und ausfahrende Gesten hatte, allerdings nicht immer. Manchmal sah er finster vor sich hin und schien zu grübeln. Sein Haar, das kurzgeschorne, erinnerte an schwarzen Filz und lief in der Stirnmitte in einen spitzen Zipfel aus. Dann redete er wieder leidenschaftlich und warf die Arme.

Ob Lore ahnte, was ihm durch den Kopf ging? Sie saß ihm gegenüber und klebte das Stückchen einer Einlegsohle in ihren linken Schuh. Dabei sah Robert ihr nacktes Bein, dieses gerade, makellose mit dunklen Härchen und den Fuß mit verkrüppelten Zehen. Ob ihr Schuhwerk daran schuld war? Ein Hühnerauge war mit einem Wattebausch belegt, den sie abnahm, um das Hühnerauge mit Jod zu betupfen. Merkwürdig nahm sich dies aus, wenn man den Leib der Dame ansah, der vollkommen erschien, wie es zu einer Schönheit mit deutlichen Backenknochen und großen dunklen Augen paßte.

»Wie geht's dem Paul?« fragte Robert, und sie erwiderte, die Woche über habe er zuweilen Mühe, seine sexuellen Wunschbilder zu unterdrücken. »Freitags läßt er eine Anatomie-Vorlesung sausen und fährt hierher. Sein Zimmer in München hat garantiert keinen Sonnenstrahl und geht auf einen Hof hinaus. Da atmet er dann auf, wenn er hier schlafen kann. Bei mir hat's Platz.«

Lächelnd fügte sie hinzu: »Seit es für mich den Paul gibt, bin ich nicht mehr krank. Eigentlich ganz normal, wie?« Und er erinnerte sich, wie sie vom Studenten erzählt hatte, der unten im Haus gewohnt und gesagt hatte, er nehme sich das Leben, wenn sie ihn nicht erhöre (auch ein altmodisches Wort). Das war damals gewesen, als sie im Fachwerkhäuschen vor den weiten Feldern gewohnt hatte, von denen im Frühling Düngergeruch hergeweht und auch durch geschlossene Fenster eingedrungen war.

Damals hatte sie sich eine enge Lastexhose angeschafft. Lore ist dir immer jung und schön erschienen (kein Wunder in deinem Alter). Trotzdem hast du dich zurückgehalten, und warum? Sonst wäre doch zuviel passiert. Du aber lobst dir ein ereignisloses Leben.
Vielleicht, daß du von früher her genug hast. Und er gedachte gewisser Verwicklungen seelischer Natur, die er drunten schlafen lassen wollte; denn, immerhin, solch eine Liebes-Sache ... Aber Schluß.
»Weitab gewesen, wie?« Es war Lore, die ihn aus dem Nachdenken herausriß. Und er nickte, sah sich um, ging ans Fenster und fragte, ob von hier aus ihre frühere Wohnung zu sehen sei. – »Natürlich. Dort unten rechts ... Übrigens gut, daß du mich daran erinnerst. Ich muß Pauls Vater aus dem Wirtshaus holen.«
»Was ist der denn?«
»Frührentner.«
Er dachte, klüger sei, wenn er sie sonst nichts frage. Ihm kam es vor, vor, als ob die häuslichen Umstände ihres jungen Freundes schwierig seien. Und alles brauchst du nicht zu wissen. Außerdem bist du froh, abseits zu bleiben.
Ihm schien es, als erwarte Lore, daß er ging; weshalb er aufstand. Da sah er dann gerade noch ihr Lippenzucken und wußte, wie's zu deuten war. Wäre es ihr lieber gewesen, wenn er länger geblieben wäre? Aber heute war doch Freitag, und da kam Paul.– »Du wirst nicht lange allein bleiben«, sagte Robert und war froh, als sie ihm zunickte. Allerdings wußte er nicht, wie es zwischen den beiden stand. Und er schaute Lore im Kämmerchen des Lifts an, allerdings nur flüchtig, weil's ihm vorkam, als beobachte sie ihn sehr genau.
»Du weißt, ich warte auf den Paul«, sagte sie.
»Stell dir vor, ich gönne dir den Paul.«

»Ein bißchen eifersüchtig könntest du schon sein«, fügte sie hinzu, stieß die Tür des Lifts auf und umarmte einen bärtigen jungen Menschen. Das war Paul, der unten gewartet hatte. Und nun glänzten Pauls kernige Zähne im braunen, sorgfältig gepflegten Bart.

Lore begleitete Robert zum Bahnhof und hängte sich auf dem Weg durch aufgeweichtes Erdreich bei ihm ein. Sie hatte allzu zarte Schuhe an, und ihre Absätze bohrten tiefe Löcher in den Lehm. Eigentlich sollten sie drin steckenbleiben, dachte Robert, doch taten sie ihm den Gefallen nicht; worüber Lore froh war.

Auf dem Perron jedoch schimmerten Pfützen, und in eine patschte sie hinein. Jetzt hatte sie einen nassen Fuß, was ihn bekümmerte; denn immer noch erkältete sich Lore leicht. Sie war halt zu empfindlich.

In dunklen Wolken glänzte Westen zu ein heller Flecken und verengte sich zu einem Auge. Darauf ging Robert zu, Lore am Arm, während der Betonbelag des Bahnsteigs von Nässe schimmerte. Dabei sah er ihre beiden Gesichter in einer Pfütze, zwei Spiegelbilder, nur als Schatten kenntlich. Er grübelte, ob daraus ein Bild zu machen wäre, dachte, es könnte einmal so weit kommen, daß Farbe und Licht ineinanderschmolzen, Licht zu Farbe wurde, sozusagen, als der Boden vom nahenden Zug zitterte. Dazu drei erleuchtete Lampen an der Lokomotive, während Lore sagte: »Du warst heute so resigniert«.

Nun rumpelte der Zug neben ihm, und er wußte nichts zu sagen. – »Denke dran, daß ich von meinem Sohn nichts weiß«, rief sie ihm zu, als er einstieg. Und sie winkte.

Draußen im Dorf, wo Lore wohnte, hatte ihn einmal ein junger Bursch gefragt: »Sind Sie der Vater von dem Buben?« und Lores Sohn gemeint.

So dachten viele, die über Lore redeten und sagten: Aus welchem andern Grund soll dieser alte Mann denn zu ihr

kommen? Verwandt ist er nicht mit ihr, also muß er Ulis Vater sein ... Und Robert dachte, da sei er also noch auf seine alten Tage zumindest im Mund der Leute zu einem Sohn gekommen ... Aber der wäre wohl anders gewesen als er jetzt war. Und Robert fügte für sich das Wort »hoffentlich« hinzu und malte sich einen imaginären Sohn aus, der vielleicht eine Mischung von Lore und ihm geworden wäre. Dann hätte er es freilich schwer gehabt, weil er niemals so aggressiv wie Uli geworden wäre. Viel zu depressiv wäre er gewesen und wehren hätte er sich auch nicht könen. Wie aber, wenn sich der zu einem habhaften Kerl entwickelt hätte und – sagen wir: als Steuerberater – das Seine hätte auf die Seite schaffen können? Dann wärst du manchmal zu ihm gefahren und hättest dir erzählen lassen, wie's in der Welt zuging.
Du weißt es allerdings auch so ... Und er sah im Eisenbahnabteil viele junge Menschen an, die jetzt, am Freitagabend, der Stadt entgegenfuhren. Anoraks und weiße Turnschuhe, dazu dann und wann ein Hahnenkamm gesträubten, rosa oder grün gefärbten Haars, das aus einem Glatzkugelkopf hervorsproßte. Und Robert wunderte sich, weil die Burschen und die Mädchen zu ihm herüberlächelten.
Er fragte, wie man mit einer solchen Frisur schlafe, und erfuhr: »Ganz normal. Man wäscht das Fixativ halt wieder raus.« Immerhin, die trauten sich so herumzulaufen und taten etwas zur Erheiterung der Nebenmenschen. Warum sollten die nicht versuchen, einmal alles anders als ihre Eltern zu machen, die doch nur Kriege angezettelt hatten? Und hoffentlich probierten diese dann und wann so etwas wie Friedfertigkeit. Ob sie damit durchkamen?
Robert versuchte sich klarzumachen, wie er durchgekommen war, denn mehr als durchzukommen hast du von dir nicht verlangt ... Und daß es ihm (vom Schicksal) erlaubt worden war, das zu tun, was ihm wichtig war (etwas anderes

als malen lohnt sich für dich nicht), das war nur Glück gewesen.
Mehr als Glück konnte man nicht haben. Es war dir möglich, dich nach der Decke zu strecken. Und deine Schwester war Sekretärin bei der Stadtverwaltung, auch ein kümmerliches Dasein, aber jetzt hatte sie eine nette Pension. Alles ziemlich eng, aber die Weite drang trotzdem herein. Und er gedachte der Wegwarten, die blaue Sternblüten sehen ließen, wenn's geregnet hatte. Oder wie die Radspuren im Straßenstaub aussahen, wenn Anfang September die ersten Bratbirnen von den Bäumen fielen, die Münchingen zu die Straße zwischen weiten Feldern säumten, bis die Kirchhofsmauer zu sehen war. Der Asperg schaute her, falls er nicht verdeckt wurde, sagen wir: von einem vorbeifahrenden Auto. Übrigens schade, daß die Autos zugenommen hatten. Und er dachte an lange und staubige Gräser überm Straßengraben bei Hirschlanden, während ein Gaul vorüberstampfte und langsam einen knarrenden Heuwegen zog. Der Gaul blieb stehen, und der Bauer fluchte, weshalb ihm Robert zurief: »Laß ihn doch ausruhen!« Und er sah das Pferdeauge, das große, das ihm zugewendet war, und wenig später einen Huf mit Haarbüscheln, das Bein, dessen Fell zuckte und einen braunen, ledrigen Hornhautknollen unter dem Knie hatte. Alles wurde zwischendurch verdeckt von Knäuelgras und gelber wilder Gerste, die sich im Wind regte.
Du auf deinem Fahrrad ... Mehr brauchst du nicht. Und es verwunderte ihn, daß ihm immer noch die Handgriffe der Lenkstange genügten (Lenkrad brauchst du keines). Viele Vorteile verschaffte ihm das Fahrrad, und er erinnerte sich, daß er's gemalt hatte, wie es in einer Frühlingswiese lag, wo Gräser durch die Speichen wuchsen und Glockenblumen über den Sattel hingen, als hätte das Gras alles Metall überwuchert.

Du malst, was du gesehen hast, aus der Erinnerung. Seltsam, daß du damit durchgekommen bist. Immerhin, es ging. Die Dachwohnung im Mietshaus mit dem Zimmer nach dem Garten, der steile Anstieg, dies alles war für ihn gerade recht oder gut genug. Die Lichtverhältnisse für einen Maler vielleicht nicht ideal, aber gewissermaßen passend, weil die Sonne vom Garten abgehalten wurde. Es genügte das Fenster Osten zu, Nordlicht gab es freilich nicht für ihn, aber weil er hinten hinaus wohnte, war's bei Sommerhitze kühl. Und er ging in Gedanken den Gartenweg hinauf, schräg am Hang unter Obstbäumen in der Schattenkühle bis zur Gattertüre, hinter der ein Weg war zwischen anderen Gärten. Der führte zur Sternwarte und zum Wald. Aber eigentlich war dieser Wald nicht ganz der richtige, weil zu viele Menschen darin gingen. Immerhin, nebenbei gab's noch schmale Pfade, obwohl ihm sogar dort zuweilen Radfahrer begegneten und ihn gewissermaßen in einen Busch drückten, um für sich Platz zu haben. Merkwürdig, diese Menschenfülle ... doch wenn er auf dem grasigen Weg zu sich selber sagte: Ein Augenblick deines Lebens ... kam er auch unter vielen gewissermaßen ins Abseits und ging allein. Dann war es ihm zumute, als bedeute auch ein Stein im Weg für ihn etwas Außergewöhnliches. Ein flaches Keupersandsteinstück, unter dem ein Laufkäfer mit grüngoldenem Leib verschwand.
Violettes Licht flog draußen über dunkle Wolken. Der Zug verschwand im Tunnel unter dem Schloß Rosenstein. Hernach blieb das Licht weg, und Lehrlinge tobten im Waggon. Es wurde wieder hell. Die jungen Menschen schauten lächelnd an die Decke, als wären sie erstarrt.

Aussteigen. Froh, allein zu sein. Er ging hinter Langstrekkenbauten an der Königstraße, weil hier hohe Bäume standen und Lampenlicht nur schwach durchdrang. Wasser plätscherte und schimmerte in einem Brunnenbecken und sprang als bewegliche Zapfen aus einem Zementtrog. Beton, Zement: zwar auch aus Stein gemischt, aber erstarrt. Als ob gewachsener Stein beweglicher wäre, dachte er.

Baumkronen regten sich als Schattenspiele. Das Neue Schloß war hell gestreckt, der Anlagensee spiegelte. Das Landtagsgebäude war ein dunkler Glaswürfel auf Stelzen, während das Tal, weit geöffnet und erfüllt von Mondlichtdunst, sich ringsum über dunklen Bäumen dehnte. Das war nicht weit vom alten Brunnen, auf dessen Obelisk ein Adler glänzte.

Was du dir alles vormachst ... dachte er und ging über die Straßenbrücke, unter der Autos vorbeizischten. Die Brücke zitterte bei jedem Schritt. Merkwürdig, daß viele nicht verstehen konnten, was ihm an Stuttgart gefiel. Wahrscheinlich, daß du an jeder Straßenecke Erinnerungen findest. Auch wenn er's nicht bemerkte oder es ihm erst im nachhinein klar wurde, was ihn hier früher berührt hatte – vielleicht der Gruß einer älteren Dame, die drüben beim Schloß gegangen war, während er hier für Lore, die ein rotes Kleid anhatte, die Tür des Cafés im Landtagsgebäude aufmachte und Lore die Augenbrauen hob, um ihn auf seinen Fehler aufmerksam zu machen (du mußt doch vor ihr das Café betreten). Und wieder einmal spürte er, wie abwesend er war, weitab, jetzt ungefähr vor vierzehn Jahren, während er hier ging und eiserne Brückentreppenstufen unter seinen Füßen klapperten.

Wie er zu Hause eingerichtet war: Merkwürdig ... Und eigentlich solltest du es ändern ... Jetzt fiel's ihm wieder ein, während er unterhalb der Straßenbrücke am glasstarrenden Bibliotheksbau vorbeiging und in die Seitenstraße einbog, wo weiter oben das Haus mit dem überwachsenen Balkon gestanden war, ein feines Domizil am Rande eines verwilderten Gartens. Dies war demoliert worden, und Robert mußte im Vorübergehen »eigentlich abscheulich« zu sich sagen. Es hörte ihm sonst niemand zu. Beachtete dich irgendwer, so dächte er: der Alte redet mit sich selber und bedauert Reste der Vergangenheit; denn so verhielt es sich.

In der Wohnung legte seine Schwester die Zeitung beiseite und sah über die Brille zu ihm her. Ihm fiel die Mutter ein, wie sie den Kopf gehoben hatte, wenn er bei ihr eingetreten war. Ein bißchen hochmütig, als sähe sie auf dich herab ... hatte er immer gedacht, doch hatte dies wahrscheinlich nicht gestimmt, weil seine Mutter immer für ihn eingetreten war.

Nun sah Ottilie, seine Schwester, zu ihm auf, als ob sie ihn bewundere, und sagte: »Hat's Lore nicht gegraust, weil du nach Knoblauch stinkst?«

»So nahe bin ich nicht an sie herangekommen, daß sie's hätte riechen können«, sagte Robert. Und Ottilie: »Mach mir nichts vor.« Sie stand geräuschvoll auf – der Stuhl scharrte auf dem Parkettboden – und fügte hinzu: »Ich gehe jetzt ins Bett. Morgen muß ich die Einkommensteuererklärung fertigmachen. Du hast wieder einmal viel zuviel verdient«, was ihn verwunderte, obwohl sie es schon öfter gesagt hatte. Früher war's umgekehrt gewesen, und sie hatte ihn wissen lassen, wenn es weiterhin so mit ihm abwärts gehe, müsse er zumindest irgendeine Aushilfsarbeit als Werbezeichner annehmen. Für einen richtigen Beruf war's freilich längst zu spät. Und er freute sich und lächelte, weil er das Schicksal sozusagen überlistet und es fertiggebrachte hatte, ohne ›richtigen‹ Beruf zu leben. Freilich, wenn Ottilie nicht gewesen wäre (die mit ihrem Stadtverwaltungssekretärinnengehalt), dann hätte er zumindest nicht in dieser Wohnung bleiben können. Und er sah sich um und dachte: kärglich, aber so gefällt's dir. Merkwürdig, daß Möbel aus dunkel gebeiztem Eichenholz wie dieses massige Buffet, das vor dem Ersten Weltkrieg für elegant gehalten worden war, jetzt sozusagen mesquin wirkten, falls man sie mit zeitgenössischen Augen ansah. Aber du bist kein ›Zeitgenosse‹. Oder du bist einer, nur bemerken dies die anderen noch nicht ... Freilich, ein paar hatten immer schon gemeint, die Bilder eines gewissen Robert Roß seien zwar, was ihr Äußeres betraf, traditionalistisch oder konservativ gemalt, aber von innen her und durch die Farbschicht hindurch, oder weil alle Wirkung ins Einzelne und Kleine vertieft wurde, trotzdem modern. Und Robert dachte: deine Lobeszöpfe und deine Verrisse könntest du selbst schreiben. Wobei er glaubte, Verrisse der eigenen Bilder gelängen ihm am besten. Und er gedachte eines Leserbriefes, den er unter falschem Namen an die Zeitung geschickt hatte, nachdem eine Ausstellung seiner Bilder darin beschränkt freundlich oder »daulau«, wie man auf Schwäbisch sagte, gelobt worden war. »Dieses Roß ist ein Hengst ohne Schwanz und Mähne, ein kastrierter Morandi, Chardin oder Stiefelhagen. Ja, am ehesten noch Stiefelhagen«, hatte er geschrieben und seinem bewunderten Kollegen Stiefelhagen, der Zeichenlehrer (oder ›Kunsterzieher‹) war und aus der Oberpfalz stammte, einen langen Lobeszopf auf Kosten dieses nichtsnutzigen Robert Roß geflochten, dessen Urgroßvater als Signore Rossi in Venedig Ruder geschnitzt hatte: »Wäre doch auch Robert ein Ruderschnitzer statt eines Malers geworden«, hatte er in der Zeitung über sich selbst verkündet, denn sein fingierter Leserbrief war gedruckt worden. Sogar seine

Behauptung, erst jetzt im Alter merke er, auf was er sich mit der Malerei eingelassen habe: »Auf ein Schmus- und Schwindelg'schäft ... Die Herstellung von Kunst ist eine edle Sache, ihr Verkauf aber auch bloß Schmus und Schwindel.«

War's allzu deutlich oder ungeschminkt gewesen, was er hatte verlauten lassen? – »Du wirst's bald merken, was du damit anrichtest. Bisher haben sie dich gelten lassen nach dem Motto: Der soll auch nicht leben wie ein Hund ... Jetzt aber machen sie dich fertig«, hatte Roberts Schwester prophezeit, denn jedermann wußte, wer's geschrieben hatte; doch war's seitdem mit ihm aufwärts gegangen. – »Was willst du, das ist doch jetzt anders als: Bauer, komm raus, d'Küh beißet einander«, sagte er zu Ottilie, als ihm wenig später der Besuch eines Sachverständigen angekündigt worden war, der ihn zu einem Interview in der Zeitschrift ›Das Kunstwerk‹ einlud. – »Solch ein Rummel dauert doch nur bis Weihnachten«, hatte er Ottilie getröstet, als bald danach zwei Fernsehteams bei ihm angeklopft hatten und Ottilie verzweifelt gewesen war, weil sie für viele Leute Kuchen hatte backen müssen. – »Laß es doch bleiben«, hatte Robert ihr geraten, sie aber hatte gemeint, das gehöre sich jetzt so.

3

Bürgerlicher Ehrgeiz halt. Und Lore, draußen in ihrem mit einem Hochhaus aufgeputzten Dorf, das durch eine Drukkerei und Buchbinderei zur teuren Wohngegend avanciert war, dachte, wenn sie so wie Robert wohnte, wäre ihr wohl. Aber auch du hast keine Null-acht-fünfzehn-Wohnung, die man vom Versandhaus kommen lassen kann, sagte sie zu sich selber und sah hinüber zu ihrem Regal, wo auf aneinandergeknüpften Brettern die »Schillerbücher« standen, wie sie Schillers Gesammelte Werke nannte. Aus dem Nachlaß deines Vaters hast du sie geerbt, aber lesen wirst du sie wahrscheinlich nie.

Wenn du ein bißchen in die Zeitung hineinschauen kannst, dann bist du froh, dachte sie. Vom Gefühl, etwas zu versäumen, wenn sie nicht zum Bücherlesen kam, wurde sie nicht belästigt (du brauchst es einfach nicht). Und sie erinnerte sich ihrer Stereo-Schallplatten und daß sie Abende lang in Beethovens Symphonien und Sonaten schwelgte (wenn man selber Geige spielte, nicht verwunderlich).

Das Geigespiel hatte sie Robert voraus, der immer nur hatte malen wollen und als Bub zu empfindlich gewesen war, um Zwicken und Püffe seines groben Violinlehrers zu ertragen. Und sie gedachte seiner, den sie nun seit langem kannte, als eines Mannes, der aus weiter Ferne herkam. Ob er immer noch ein Säckchen voll Erdnüsse und eines mit Knoblauchzwiebeln unter seinem Bett liegen hatte? Nach Knoblauch hatte er jedenfalls nicht gerochen, als er hier gewesen war. Vielleicht war seine Knoblauch-Liebe ein Erbstückle vom Urgroßvater Rossi in Venedig. Und sie lächelte für sich, während sie einen von Pauls Socken stopfte, und war froh, daß sich mit Robert so gut wie immer alles freundlich ange-

lassen hatte, auf Distanz gewissermaßen. Wie mit dem jungen Engländer, der hier war, um Deutsch zu lernen, und in einem Schlößchen bei Beutelsbach wohnte, das ›Internationes‹ gehörte. Mit ihm verstand sich auch Paul gut, der ihn in München kennengelernt hatte. Und so verzweigte sie sich weit hinaus, ihre Bekannten- und Freundesmenge, von der Paul zu sagen pflegte: »Mit allen deinen Freunden kann die Bundeswehr ein Bataillon zusammenstellen.« In der Tat, sie waren überall verstreut, und wenn sie mit Paul in Urlaub fuhr, um alte Bekannte zu begrüßen, kamen sie weit im Land herum, bis tief hinein nach Bayern. Dem Paul war's nicht ganz recht, wahrscheinlich weil sie zu vielerlei Männern du sagte. Aber die stammten alle aus ihrer Jugendzeit, gewissermaßen, und waren samt und sonders wohlbestallte und eisern verheiratete Männer. In der Jugend mußte man sich seine Freunde sammeln. Und ihr fiel ein, daß sie zu Robert gesagt hatte: »Meine Bekannten sind in festen Händen, nur Paul nicht.« Und sie lächelte, als ihr einfiel, wie Robert ihr zugewinkt hatte, als sie's sagte. Ob er gemerkt hatte, daß dieses Wort auf ihn gemünzt gewesen war? Auf ihn und seine Schwester Ottilie, von der er zeitlebens nicht losgekommen war. Und sie überlegte, ob dies in seiner Erfolglosigkeit begründet war. Sehr wahrscheinlich, und dann wohl auch, weil er allein sein wollte. Aber er war doch nicht allein neben der Schwester. Äußerlich vielleicht schon. Innen aber wollte er unabhängig bleiben, sozusagen; denn alles, was Robert anging, war immer »sozusagen«, also nicht ganz sicher. Freilich, dahinter kam sie nicht. Du willst's auch nicht. Oder willst du's? Vielleicht.
Eine Frau, die ein uneheliches Kind hat, eine Zeitlang verheiratet gewesen ist, sich vor dem Alleinsein, vor der Kälte fürchtet, empfindlich ist und immer wieder etwas anderes anfängt (denk nur an deine vielen Berufe, Jobs, Beschäftigungen und so weiter), solch eine nimmt sich vielleicht nur

bei einem jungen Menschen zusammen; falls sie sich mit diesem jungen Menschen verbunden fühlt. Und einiges hast du ja auch in deinem Ehestand gelernt.

Vielleicht lag diese Empfindlichkeit in der Familie. Und sie sah Robert vor der Tür ihres elterlichen Hauses stehen, drüben in Reutlingen. Zuvor hatte sie zu ihm gesagt: »Komm doch an Allerseelen zu uns raus.« Und nun machte ihre Mutter gegen elf Uhr vormittags die Haustür auf, und Robert stand da. – »Sie wollen zur Lore«, sagte die Mutter, ihr selber aber war's herausgefahren: »Mit dir hab' ich nicht mehr gerechnet.« Dabei wurde sie rot. Und dieses Rotwerden war ihr peinlich (weil doch kein Grund dafür vorhanden war). Der Vater kam herunter, und dann setzte man sich ins Wohnzimmer. Ob Robert merkte, wie karg sie eingerichtet waren? Nirgends lagen Teppiche, und Robert sagte: »So ist's bei meinen Eltern auch gewesen ... Das heißt, es ist jetzt noch so, aber meine sind tot.« Das war ein merkwürdiger Satz, den sich ihr Vater dann erklären ließ.

»Ach so, Sie leben mit Ihrer Schwester. Und Sie haben in der Wohnung alles so gelassen wie es war, als Ihre Eltern lebten? Ich verstehe.« Nach einer Weile fügte der Vater hinzu, er sei Melancholiker, und er meine, Robert müßte es auch sein: »Weil Sie alles wie früher stehenlassen. Ich habe einmal meine Wunschlandschaft geträumt. Und als ich hier hergekommen bin und das Haus gebaut hatte, sah ich aus dem Fenster. Dann lag dort draußen meine Wunschlandschaft.«

Roberts Deutschlehrer hatte mit Lores Vater studiert. Er war mit ihm befreundet, und der andere lebte in Kochendorf als Pensionist: »Deshalb sieht man sich so selten.« Ein Verlegenheitsgespräch ... hatte sie gedacht, doch schien Robert sich zu freuen, wieder mal von seinem Deutschlehrer zu hören. – »Der hat eine feine Handschrift gehabt«, sagte er, und als Lore wissen wollte, wie die war: »Nach

rechts geneigt. Zu meinen Aufsätzen hat er an den Rand geschrieben: ›Die Schrift ist zu klein‹.«
Zweifelhafte Sache, derlei Erinnerungen. Ob eine Handschrift »schön« oder »gut« war, das wurde doch nur vom Geschmack bestimmt. Und der war abhängig von der eigenen Zu- und Abneigung. Letzten Endes also eine Stimmungsangelegenheit. Sie hörte ihren Sohn ausrufen: »Herr Roß, sehen Sie, das ist mein Bett! Und dort schläft die Mama!« Beide Liegestätten waren noch zerwühlt und auf ihrem Bett war die Decke verrutscht gewesen.
Merkwürdig, daß sie dies jetzt vor sich sah. Auch das Zimmer ihrer Schwester, die unten wohnte, hatte sie Robert gezeigt. Das Zimmer hatte einen Teppich. Eine Lehne ihres Lehnstuhls war aus dem Leim gegangen. Ihre Schwester wollte zwar so gut wie nichts besitzen, und vieles gab sie weg, aber einen Teppich hatte sie sich trotzdem angeschafft. Nur weg, nur weg ... das war ihre Devise, die freilich nur auf Gegenstände gemünzt war. Sie selbst blieb im Haus bei den Eltern wohnen und wollte sich dort nicht selbst hinauswerfen, sozusagen. Das wär' ja auch pervers gewesen ... Und Lore wunderte sich, daß sie selber nie im elterlichen Hause hatte wohnen wollen. Ihre Schwester fühlte sich vielleicht dazu verpflichtet, weil sie Hebamme war und zu sich selber sagte: du mußt für deine alten Eltern dasein.
Weißt du noch, daß du Robert erzählt hast, die Bücherregale deines Vaters reichten bis zur Zimmerdecke und seien vollgepfropft wie in einer Buchhandlung? Wenig später hatte er dann das schmale Regal gesehen mit den »Schillerbüchern«. Anmerken lassen hatte er sich freilich nichts.
Und dein Bruder, der in Italien als Flieger gefallen ist? Sie ging zum Schreibtisch, suchte in der Schublade nach der Photographie seines Grabes, fand sie aber nicht und erinnerte sich, wie Robert den Schreibtisch betrachtet hatte, der von ihrem Vater stammte und von Paul dunkelrot angestri-

chen worden war. Ein kleiner Schreibtisch aus Tannenholz. Und Lore meinte, wahrscheinlich sei Robert dieses Rot zu auffällig oder knallig vorgekommen. Ob er also vielleicht doch ein bißchen eifersüchtig war?

Nun ja, Robert liebte Naturholzfarben und konnte nicht verstehen, warum jemand ein gebeiztes Möbel mit Ölfarbe anstrich. Und als sie ihm erzählte, ihre zweite Schwester sei nach dem Krieg nach Italien gegangen, fragte er: »Dann hat sie sich also mit deinem Bruder gut verstanden?«

Er merkte alles. Ihre zweite Schwester war jetzt im selben Ort am Meer, wo sein Grab lag. Sie pflegte es, weil sie ihn geliebt hatte.

4

Wie mühsam alles war. Immerhin hatte Lore jetzt den Medizinstudenten Paul mit dem dicken Vollbart. Und der war ein rührend lieber Mensch. In den Ferien half er in der Apotheke. Das pharmazeutische Examen hatte er gemacht, als er noch keinen Studienplatz für Medizin bekommen hatte. Seine Arbeit gehe ihm nur deshalb so leicht von der Hand, weil Lore zu ihm halte, pflegte er zu sagen; außerdem sei er ja auch nicht dumm ... Worauf sie zusammen gelacht hatten. Lore holte den großen medizinischen Atlas herbei und nahm mit Paul wieder einmal die Brustmuskeln durch, die sein schwacher Punkt waren. Diesmal aber wußte er von jedem Muskel den lateinischen Namen und fügte hinzu, das wisse er alles nur, weil er in der vergangenen Woche die Brustmuskeln selbst habe bloßlegen müssen. Und der Professor sei ein bißchen pingelig, allerdings zu Recht. Sonst komme man nicht weiter.

Solch einer hättest du als junger Mensch sein sollen, sagte Robert zu sich selbst, denn nun, da er alt war, malte er sich immer wieder ein Leben aus, wie es die meisten führten. Wäre auch amüsanter gewesen, abgesehen davon, daß du von deinen Nebenmenschen geachtet statt verachtet worden wärest ... Dabei fiel ihm ein Regierungsrat ein, der einmal zu ihm gesagt hatte: »Bei Ihrer Arbeit kommt's drauf an, daß Sie sich lange konzentrieren, absinken müssen in sich selber, während ich ... Bei meinem G'schäft ist die Konzentration halt eine Sache von Minuten. Dann hab' ich wieder meine Ruh.«

Der Einzige, der weiß, worauf es bei dir ankommt, dachte Robert an seinem abgewetzten Tannenholztisch. Vor dem Fenster stieg der Garten als Buschwildnis steil hinauf und hatte oben einen blauen Luft- und Himmelsstreifen. Robert nahm einen seiner Haarpinsel her und malte am Parfümfläschchen aus grünem römischem Glas weiter. Es sollte aus dem terrakottabraunen Grund des Bildchens hervortreten, das er auf Lindenholz malte. Das Glas mußte durch die Farbe spürbar werden, dazu die Form des Fläschchens: schlank und lang. Das Glas sollte zu sehen sein, aber man hätte Glas und Farbe zugleich als Haut spüren sollen, als erinnerten sich Maler und Betrachter gleichzeitig gewisser Erlebnisse damals bei Heimerdingen, wo das Fläschchen im Grabe der Ludmilla geruht hatte, bis es ausgegraben und schließlich, nachdem es viele Hände berührt hatten, zu Robert gelangt war; übrigens als Geschenk seiner Frau, die nun in Rom weilte, doch war dies eine bittere Geschichte.

Sie heraufholen und ins Bildchen hineinmalen, darauf kam es an. Und er ging, während er malte und den Erdestreifen in der milchig grünen Glasschicht mit Farbe herausholen wollte, zurück in die Zeit vor zehn Jahren. Daß seine Frau, die Livia hieß und vom hellen Typ war – das Haar blond und mit dunkleren Strähnen wie der Staub, der ins Parfümfläschchen eingedrungen war – als Angehörige einer feinen Familie ihn, einen Sattlersohn, eines Tags verlassen würde, dies hatte er vorausgeahnt. Weshalb es ihn nicht verwunderte, daß sie eines Tages auf dem Bahnsteig neben den Waggons des Zugs aus Rom von jenem Mann, der Roberts Bilder wegen hierhergekommen war, einen allzu weiten Abstand hielt. Und dann diese Verwirrung und daß sie daneben griff, wenn er ihr die Salzschale aus blauem Glas reichte. Der andere wußte nichts von ihr, und sie erzählte Robert, er habe gesagt, so etwas wie zwischen ihr und ihm, das passiere ihr wahrscheinlich oft. Es hatte alles etwas an sich vom Grün Ende April wie hier im Parfümfläschchen, das kaum merklich schief gemacht und oben an der Öffnung ein wenig bestoßen war. Unten sah es wie eine Fischblase aus und am Hals hatte es eine Rille. Schlank erhobenen Hauptes stand es da, gewissermaßen. Der Stöpsel wäre sein Köpfchen gewesen, doch diesen Stöpsel hatte es nicht mehr.

Für Robert war dies alles wichtig. Und schmerzhaft war's für beide, Livia und Robert. Sie saß vor dem Opernhaus, am Ufer des damals noch runden Sees, und hatte das Gefühl, der Wasserspiegel ziehe sie an und sie rutsche über ihn hinweg und gleite tief hinunter. Nun dachte er, es wäre für sie besser, nach Rom zu gehen als hierzubleiben. Auch hatte sie wenig später einen Apfel geschenkt bekommen, in den ein Mistelzweig gesteckt war. Dies geschah, als sie auf dem Trottoir plötzlich hinfiel, ohne zu stolpern. Da fragte er sie dann, was sie von einer Reise nach Rom halte, allein natürlich. – »Nein, du mußt mit«, erwiderte sie, und er sagte, er sei ein Provinzrömer, der hier in seinen Wäldern bleibe. Sie weinte und stieg mit einem roten Pullover unterm Pelzmantel in den Zug nach Rom, auf dessen Dach frischer Schnee tröpfelnd taute. Sie hatte eine Dozentur in Rom bekommen. Die war ihr zugesprochen worden durch Vermittlung ihres neuen Mannes, wie sich verstand.

»Und du willst wirklich zu Ottilie ziehen?« hatte sie ihn auf dem Trittbrett des Schnellzugwagens gefragt. Darauf er, schulterzuckend: »Es arrangiert sich wohl in dieser Richtung. Gut, daß ich immer freundlich war, wenn sie mir grob gekommen ist.«

Livia schüttelte den Kopf, und ein Tränentropfen spritzte beiseite: »Komm dann im März zu uns. Es wird alles bezahlt.« – »Ach ja, du . . . Eine Professorin!«

Er lachte, und der Zug fuhr sachte an.

Und dann also: Ottilie. Eine Bißgurn hätte man sie früher auf Schwäbisch genannt. Tagsüber war sie in ihrem Büro, und Robert kochte für den Abend. Nach der Scheidung fing er mit dem Knoblauchessen an; dazu Erdnüsse, Obst.

»Laß das stinkende Zeugs weg. Werd wieder normal. Gesundheitsapostel bist du keiner«, sagte Ottilie.

»Wenn ich an den Stiefelhagen denke, fällt mir ein, wie der mir prophezeit hat, ich würde bald vollends zum Slawen. Deshalb der Knoblauch.«

»Der Stiefelhagen, dieser Saubär, dieser Specht! Der patscht auch bloß im Sumpf herum und will nicht heim zum Herd. Der mit seinen Weiberg'schichten! Der ist ein Weiberer!«

»Seit wann patscht ein Specht im Sumpf herum?«

»Ach was, aber dein Stiefelhagen ist ein Sumpfling! Der hockt bei den verfaulenden Brettern seines Hasenstalls im Hochmoor, wo er über das Ochsenklavier stampfen kann und zwanzig Meter hohe Tannenbäume Graubärte wie Rübezahls Fußsack haben!«

»Ganz richtig«, stimmte Robert seiner Schwester bei, denn Stiefelhagen hatte einen Fußsack aus Lammfell unter seinem Arbeitstisch, an dem er zwischen Tuschefläschchen Gänsekiele übers Papier fegen ließ; was Ottilie zu dem Ausspruch verleitete, dabei sehe dieser Stiefelhagen wie ein Specht aus, der mit scharfem Schnabel und derben Klauenfüßen winters im Futterhäuschen alle Sonnenblumenkerne hinausschmeiße.

Stiefelhagen war ein Zeichner und sah wahrscheinlich in seiner abgewetzten Lederweste auch ein bißchen knorrig aus mit dem struppigen Haar und seinem kantigen und faltenrissigen Gesicht.

Originelle Person, deine Schwester, dachte Robert und wunderte sich, weil er dies erst bemerkte, nachdem ihn

seine Frau verlassen hatte. Und er zog wieder in die alte Wohnung, wo er aufgewachsen war und Ottilie ihre elterlichen Möbel sozusagen gehütet hatte.
Drüben auf der anderen Talseite hatte er im elterlichen Hause seiner Frau gewohnt. Und er erinnerte sich, wie er oft gedacht hatte: hier paßt du nicht hin ... Die Villa stand neben anderen Villen in weitläufigen Gärten, und der Gärtner, der sie pflegte, war seit Jahrzehnten beschäftigt, als gehöre er dazu. Wahrscheinlich arbeitete er dort immer noch in der alten Weise, nur für andere Herrschaften, nachdem Livia das Haus verkauft hatte. Nur kurze Zeit hatte Roberts Leben im (angeheirateten) Reichtum gedauert, dann war alles wieder weggeschmolzen. Es hatte sich so ergeben, und man konnte es nicht dirigieren (das Leben halt).
Robert ging zuweilen dort drüben spazieren, am Frauenbergweg und am Gähkopf, wo sich der Garten vor Livias elterlicher Villa emporstufte, und wunderte sich, wie schmerzhaft es trotz allen Gleichmuts, den er sich allmählich angewöhnt hatte, war, auf eine entschwundene Zeit zurückzuschauen. Freilich, Wunder ist es keines, daß sich Livia aus der Misere deines Lebens entfernt hat, sagte Robert zu sich selber, während immer noch die Haselnußbüsche dort über den Frauenbergweg hingen, wo er am steilsten war. Du muß den Kopf einziehen, wenn du nicht willst, daß dir die langen Zweige übers Gesicht streifen ... Dort hatte er oft sein Fahrrad vorbeigeschoben, um wegzufahren, wenn Livia mit ihrem Auto (ein Geschenk der Eltern) bei Freunden in Burgund oder in der Toskana geweilt hatte. Er war besorgt um Livia gewesen und hatte sich gefreut, wenn sie ihn aus der Ferne angerufen und gefragt hatte, ob im Haus alles in Ordnung sei. Und dann natürlich auch, ob's ihm gut gehe.
»Ja, danke schön«, hatte er ihr geantwortet.

Da war er nun also bei seiner Schwester eingezogen und hatte nur seine Bilder, seine Farben und ein paar Bücher mitgebracht. Manches, das ihm gehörte, war sowieso schon früher bei Ottilie geblieben, und es freute ihn, die alten Möbel vom Dachboden herunterzuholen. Aus der Zeit mit Livia besaß er Übersetzungen römischer Autoren, die Lateinisch geschrieben hatten, dazu Berichte von Ausgrabungen mit großen Abbildungen. Und dann natürlich dieses Salbenfläschen, das er jetzt malte. Du hast's schon oft probiert, aber so wie jetzt ist dir's noch nie gelungen.
Damals freilich ... Er war ja mit seinen Gedanken immer noch in jener Zeit, da er wieder bei seiner Schwester eingezogen war, hier in der Olgastraße. Wie hast du gestaunt, als schon am ersten Tag die Hausbesitzerstochter zu Ottilie heraufgestürmt ist und ausgerufen hat: »Wir wollen deinen Bruder sehen!« – »Da drin sitzt er«, hatte Ottilie geantwortet und aufs Klo gedeutet; worauf das Mädchen vor der Tür gekichert und »Pßt! Jetzt putzt er sich« geflüstert hatte. Er aber stand auf der Dachbodentreppe und hörte zu. Seitdem war er für die Hausbesitzerstochter der ›Onkel Robert‹, doch als sie geheiratet hatte, wurde Robert für sie wieder der Herr Roß. Sie ärgerte sich nämlich, weil ihr Vater das Haus nicht renovieren ließ. Immer noch hockten diese alten Leute hier herinnen, und was nützte es der Hausbesitzerstochter, wenn Robert manchmal in der Zeitung erwähnt wurde? Jedenfalls konnte die Miete nur erhöht werden, wenn das Haus renoviert war. Statt dessen kam der alte Roß am ersten Januar mit einem Bild unterm Arm zu ihrem Vater und wünschte ein Gutes Neues Jahr. Das Bild packte er aus, und dann riefen alle »Oh!«
Allmählich hingen im Haus viele Bilder von Herrn Roß. Ein paar wurden auf dem Dachboden in einer Kiste des Herrn Hausbesitzers aufbewahrt, der zu seinem Schwiegersohn und seiner Tochter sagte: »Wartet nur, die werden noch

einmal viel wert.« – »Das mag schon sein, aber der schenkt dir doch die Bilder nur, damit du ihm die Miete nicht erhöhst. Besser ist, er schenkt dir seine Bilder *und* zahlt das Doppelte an Miete«, erwiderte die Hausbesitzerstochter. An einem Sommerabend hast du es gehört, als sie im Gartenhäuschen Erdbeerbowle tranken. Und deine Schwester hat den Mund verzogen, als du ihr's erzählt hast. Von da an war sie zurückhaltend diesen Hausbesitzersleuten gegenüber, obwohl Robert gesagt hatte: »Wir tun jetzt so, als wüßten wir von alldem nichts.«

Auch schon zwei Jahre her. Bis jetzt hielt es also gerade noch. Sei froh, daß es noch hält ... Und Robert dachte an Rom und wie dort die Steineichen der Allee grüne Blätter abgeworfen hatten, damals im Frühling vor zehn Jahren. Blätterhaufen, die fast schwarz erschienen, raschelten unter seinen Füßen, wenn er dort ging. Ob die Eichen verdorrten, fragte er den Direktor, dem Park und Villa gehörten. Und der Hochgewachsene aus Aachen, der bei Olevano ein Landhaus hatte, antwortete, so sei das jedes Jahr; es gehöre sich so für Steineichen. Die würfen Ballast ab, denn Rom sei gut bewässert. Und er verabschiedete sich, weil nun von der Villa her ein roter Pullover leuchtete. Der Direktor deutete darauf, als ob er sagen wollte: Bitte, hier ... Ich weiß schon.
Livia im roten Pullover, vormittags in der Steineichenallee, als es heiß zu werden anfing. Der Weg war mit grobem Kies belegt; deshalb ging Livia am Rande und vorsichtig. Dann stand sie da und hatte dünne nackte Arme. Bei dem Herrn Direktor sei sie besser aufgehoben als bei ihm, einem zumindest finanziell wackligen Maler, dachte Robert und schwieg. Dann zeigte er nach oben und fragte, ob ihr dieses hier nicht mehr auffalle, weil sie's längst gewohnt sei: Er

meine das Ockerfarbene der Häuser hier heraußen und auch in der Altstadt. Das sei ein bißchen Hauch von früher, sozusagen, erinnere an Altes, erscheine wie verblichen, ein Hauch von Vergangenheit gewissermaßen und erinnere an die Farbe vergilbter Handschriften. Dazu Gärten mit hohen Mauern, ernsten Pinien: »Weißt du, ich sehe es zum ersten Mal. Und früher ist mir dieses Bräunliche der Farbe ›Gebrannte Siena‹ vornehm vorgekommen (auch so ein altmodisches Wort). Anderswo gibt es das kaum noch. Wenn die Straßenlampen angehen, hab' ich das Gefühl, als ob ich einem Herrn begegnen könnte, der Geduld hat, sozusagen. Marc Aurel zum Beispiel.«
Sie schaute auf die Seite. Es schien, als fröstele es sie. – »Ist das da nicht zu dünn für heute?« fragte Robert und deutete auf ihren kurzärmeligen Pullover. Sie schüttelte den Kopf und fügte hinzu: »Aber wenn du so was sagst, dann merke ich, was mir hier fehlt.«
»Nun, es wird aufgewogen. Stuttgart erscheint dir eng, wenn du hier daran zurückdenkst.«
»Vielleicht. Aber alles, was von dort kommt«, sie deutete nach Norden, »geht ins Innere. Hier lebt man außen.«
»Das stärkt. Daran kannst du dich halten«, sagte er und dachte: das Feine ist zu spüren, wenn du mit ihr spricht.
»Also, auf Wiedersehen«, sagte Robert, ging allein weiter und suchte sich einen Platz, wo er hinausschauen konnte. Er ging unter Olivenbäumen, nur auf dem Gras lag silbergraues Grünlicht, einmal heller und dann wieder dunkler. Das war bei einem Garten oberhalb des Circus Maximus, wo sich ein Weg zwischen Büschen nach der Seite bog und Robert auf ein verborgenes Haus sah, das zwei Terrassen tiefer lag. Hier hingen blaue Bougainvilleablüten in dichten Ketten.
Dich beobachtet ein Video-Apparat, dachte er, als er eine Eisenstange mit Kästchen über Zweigen sah. Vielleicht

wurde hier oft eingebrochen, und die Bewohner sicherten sich elektronisch. Dann sah er auf die gelbe kahle Rennbahn des Circus Maximus und auf Säulenreste, Trümmer, die drüben angeschwärzt vor hellen Wolken emporragten. Eine Ahnung von Grausamkeit stieg aus der kahlen Rennbahn auf, während hier vielleicht Marc Aurels Haus gestanden war. Nein, das konnte nicht sein. Dem wäre doch das Massengeschrei aus dem Circus widerlich gewesen.

Später dann wieder der Villengarten, wo Robert von seinem Zimmer auf eine Dachterrasse hinausgehen konnte und, hinter Pinienwipfeln sitzend, an einem Biedermeiertischchen zeichnete. Schreie von Gemütskranken aus einer Nervenklinik mischten sich mit Trompetensignalen einer Kaserne. Dabei sah er Livia im Park gehen, immer noch mit vorsichtigen Schritten des groben Kiesbelages wegen, im roten Pullover und die Arme vor der Brust verschränkt, als müsse sie sich schützen oder auch als ob sie's fröre.

Da drehte sie sich dann herum und rief herauf: »Darf ich morgen mitgehen zur Priscilla-Katakombe? Ja, nur ich, allein mit dir?«

Nahe bei der Villa unter einer Kirche dehnten sich Totengänge in weichem Kalkgestein. Die Luft war unterm Boden warm und trocken. Es brannte elektrisches Licht, und die Sarkophage waren schmale Steinsärge für kleine Leute, alle dicht aufeinandergestellt und aneinandergereiht, Fuge an Fuge. Von den meisten war der Deckel abgehoben, und neben ihnen gingen Livia und Robert unter fremden Menschen.

Sie hatte über den roten Pullover einen dünnen Schal gelegt und sah zu ihm herüber, als er in einen der Särge griff und hernach gelbliches Mehl, leichter als Staub, an den Fingerspitzen hatte.

Sie machte einen Schritt und war nun nahe bei ihm. Er hatte das Gefühl, als ob sie dasselbe wie er denke und es sich nicht zu sagen traue. Der Staub fühlte sich samtig an, und mehr blieb nicht zurück, von niemand. Sie war bei ihm, es sah vielleicht so aus, als ob sie sich zum ersten Mal hier unten bei den Toten träfen. Livia sagte, unterm Ada-Park dehnten sich viele Gänge, die verschüttet seien. Ob sie sich dort zu zweit verlieren wollten? Unten bleiben, wo hinter Sarkophagen eine Türe offen war und beide zurückkehrten in einen Zufluchtsort, der von Tonlämpchen erhellt wurde?
Die Wand war fleckig abgewetzt und hatte Spuren von hellblauer Tünche dicht über dem Boden. Dort war etwas auf Griechisch eingeritzt, und Livia übersetzte es: »Mit dir selbst bist du nicht allein.«
Weiter vorne redete eine Nonne. Hinter ihr war eine hohe Nische unter einem Gewölbe mit Malereien ausgeschmückt, und Robert meinte, er erkenne Christus in der Gloriole. Der Boden des Gewölbes war mit Tonlämpchen belegt, alle weggestellt von längst vermoderten Besuchern.

Sie stiegen dann wieder hinauf und kamen in die Klosterkirche, die abseits des Straßengewühls lag, dieser »anderen Sphäre«, wie Robert sagte. – »Das Straßengewühl aber ist ein Lebenszeichen«, fügte Livia hinzu, während sie auf einem Trottoir unter Ahornbäumen neben einem Zaun aus schwarzen Staketen gingen, jetzt schon wieder mitten drin im Lärm. Straßennamen waren in Marmortafeln gemeisselt, die Buchstaben unverändert seit römischer Zeit. Roma aeterna ... dachte Robert. Auf eine Straßentafel war das Zeichen von Sichel und Hammer gesprüht, und Livia sagte: »Wahlkampf. Man befürchtet ein kommunistisches Regime.« Sie deutete auf ein Kaufhaus. Davor standen

breite Autos, und jedes wurde vollgepackt mit Lebensmitteln. – »Die Menschen legen Vorräte an«, sagte sie.
Dies erschien Robert nebensächlich. Wichtig war für ihn, daß ihn Livia begleitete, als wäre sie sein Wunschbild. Im Seitentrakt der Villa ihres Mannes wohnst du und weißt kaum noch, daß du mit ihr verheiratet gewesen bist.

Einmal fuhr er allein zur Gräberstraße, auf einem harten Sitz im Omnibus. Dann kam er ins Freie. Dort ging der Blick bis zu dem Aquädukt in der Campagna, doch war die Wasserleitung auf den Brückenbögen neben hohen Häusern kaum erkennbar. Graugrün schauten die Albanerberge her. Und eine Grasmücke jubelte im Gebüsch.
Er ging durchs hohe Gras, unter dem Steinbrocken lagen, wohl von zerfallenen Gräbern. Ein Grabmal ragte als ein runder Turm heraus. Der war für Metella errichtet worden, und vielleicht wußte jemand mehr von ihr als ihren Namen. Er stolperte. Die Albanerberge lagen dunstig da, als wären sie in Glas geritzt. Hinter einem Gutshof war ein Loch im Boden, kellerähnlich und mit überwachsenem Gewölberest (fast wärest du hinabgefallen). Dann ein weißer Weg, wo er bemerkte, daß ihm einer nachging. Einzelne Höfe lagen zwischen Haferfeldern, und er war wohl zu weit abgekommen von der Gräberstraße. Der andere stand still und schaute her zu Robert, der einen Platz im Blätterschatten suchte, um sich auszustrecken. Und als er auf das offene Tor eines Gutshofs zuging, sprang ein zottiger Hund hervor, bellte und wurde von einem Mädchen gerade noch zurückgerissen.
Nun kam er wieder an die Gräberstraße, wo ein Grabmonument aus flachen Ziegeln aufgerichtet war, die Mauern vom Regen so zerfressen, daß sie wie Erdhaufen aussahen. Hinter einem vergitterten Fenster war ein Sarkophag aufrecht

an die Wand gelehnt; neben ihm lagen Coca-Cola-Flaschen. Ein Haus mit dem Bildnis der heiligen Esperanza hinter Glas war an einen römischen Grabmalturm gebaut. Dort setzte sich Robert auf ein Bänklein. Es war nun gegen Abend, und die Kuppel des Petersdoms erschien über der Stadt wie aufgebläht. In einer langen und hohen Parkmauer war das Tor geöffnet. Dahinter umgaben Büsche voll heller Blüten einen Hof, dessen Platten mit Wasser besprengt waren. Eine alte Frau im knöchellangen gelben Morgenrock hatte eine rosa Schleife in der Perücke und redete mit einem hageren und grauhaarigen Mann in engen Hosen. Ein Auto, nicht größer als ein Handkarren, rollte in den Park, der sich im schrägen Licht weit dehnte. Robert dachte an die hellblauen Natternkopfblüten und Disteln bei dem eingebrochenen Grabgewölbe, in das er beinahe hineingefallen wäre, hörte wiederum eine Grasmücke jubeln und las auf einer Marmortafel in der Mauer eines Parks mit hohen Bäumen die Worte *beata solitudo.*

Das war dort, wo mehrere Personenwagen hintereinander an der Straße standen. In jedem saß ein junger Mann, fein gekleidet mit Krawatte, und las Zeitung wie ein Herrschaftsdiener.

Unterm Blätterfächer einer Pinie wartete ein grauer Omnibus. Robert stieg ein, als auch schon der Motor zu brummen anfing. Dann rüttelte und stieß der Wagen wieder kräftig, während draußen Pfeiler der Aurelianischen Mauer im schrägen Licht wie ein Hochhaus emporragten.

Am anderen Morgen sah Robert von der Dachterrasse aus Livia am Rand des Gartens unter Zypressen gehen, wo hinter einer Mauer der Hof der Nervenklinik lag. Livia sah herauf und machte eine Handbewegung, als riefe sie: Komm herunter!

Sie wartete mit abgewendetem Gesicht auf ihn, stand und sah eine Efeuranke auf der Mauer an. Dabei fragte sie: »Warum bis du allein zur Via Appia gegangen?«
»Um Abstand zu gewinnen.«
»Hast du eine andere?« fragte sie ihn, und Robert schüttelte den Kopf.
»Dann willst du also keine mehr.«
Es klang wie eine Feststellung, und er mochte ihr nicht widersprechen. Auch dachte er, sie habe recht. Dabei erschien es ihm merkwürdig, daß er ein halbes Jahr nach der Scheidung zu ihr gefahren war (schließlich hättest du dir denken können, daß es für dich schwierig wird). Und leise fügte er hinzu, sie habe ihm doch so fröhlich geschrieben.
»Ich bin auch fröhlich. Oder bin ich's vielleicht nicht?«
Freilich, sie konnte fröhlich sein. Auch als Dozentin für deutsche Literatur war sie beliebt; wenigstens stellte er es sich so vor. Wie sie mit ihrem Manne lebte, das wußte Robert freilich nicht, denn der war jetzt in Deutschland. Hier leitete er ein Karosseriewerk.
»Übrigens haben sie gestern Nachmittag an der Via Appia eine Villa ausrauben wollen. Hast du etwas davon bemerkt?«
Er dachte nach und sagte dann: »Eigentlich nicht ... Aber warte mal: Da standen ein paar Autos mit fein gekleideten jungen Männern hinterm Steuer nicht weit vom Haus Santa Esperanza.«
Das könne damit zusammengehangen haben, sagte sie, doch klang es schon wieder abwesend. »Ja, vielleicht ... Die Burschen sind abgefangen worden. Erzähl, was du gesehen hast.«
Da erwähnte er dann das zerfallene Grabmal unterm Unkraut. Das wolle er aus der Erinnerung malen: »Die gewölbte Kellerdecke aus einzelnen Steinen ist noch erhal-

ten. Nahebei hat eine Grasmücke gesungen, aber die kann ich nicht malen, weil sie unsichtbar gewesen ist.«
Sie lächelte, ging weiter auf dem groben Kies und fragte schließlich, ob er Bilder verkauft habe.
»Nicht besonders viele, halt so wie früher«, antwortete er, hatte aber sagen wollen: Wie zu unserer Zeit. Nach einer Weile fügte er hinzu: »Für mich allein reicht's. Ich komme durch. Du weißt es vielleicht noch. Und geändert hat sich nichts.«
»Ja, ich weiß schon, daß es mir zu kärglich war.« Sie bückte sich, riß eine Löwenzahnblüte aus und fragte: »Hast du noch das Bild mit dem einzelnen Löwenzahn zwischen den Tuffsteinplatten?«
»Das hat ein Studienrat gekauft.«
»Was?! Hättest du's doch mir gegeben. Ich hätte dich gut bezahlt.«
»Da hast du nichts verpaßt. Das Bild hat mir zu viel von mir erzählt. Ich meine: als Löwenzahn zwischen Tuffsteinplatten. Das kenne ich allmählich.«
Sie schien nachzudenken. Ja, in seinen Bildern sei viel drin, sagte sie dann. Das habe sie erst hier richtig gesehen. »Und was das Leben anlangt: Als kärglich habe ich es nicht empfunden. Was ich vorher gesagt habe, das ist falsch.«
»Ohne deinen Zuschuß hätt' es für uns beide nicht gereicht«, sagte Robert und wunderte sich, als sie erwiderte, sie habe immer gern dazuverdient. Vielleicht erschien es ihr jetzt so, und deshalb sagte er: »Im nachhinein erscheint manches verklärt.« Und er hörte sie sagen, die Straßen seien immer furchtbar voll, wenn sie ins Geschäft fahre. »Geschäft« nannte sie ihre Sprachkurse. An der Technischen Universität in Stuttgart hatte sie Deutsch für ausländische Studenten gegeben und sich in Germanistik habilitiert, während Robert seine Bilder gemalt hatte, von denen die Experten sagten, schlecht seien sie nicht, aber er liege falsch. – »So

etwas wie mich dürfte es heutzutage eigentlich nicht geben«, pflegte er damals zu Livia zu sagen (sonst zu niemandem). Und die Arbeiten von Kollegen bedachte er mit anerkennenden, zuweilen bewundernden Worten; denn jedermann sollte so malen, wie er wollte. Wenn du Geld hättest, kauftest du dir ein paar Bilder, aber leider ... Nun, es sei schon recht, ließ er nebenbei einfließen, worauf er manchmal gefragt wurde, was für Bilder er gerne besäße. – »Solche von Morandi.«

Jetzt sagte er zu Livia: »Die Rezensenten dulden mich.«

Sie schaute auf die Seite und sagte nichts. Robert wußte, daß sie nicht zugehört hatte. In Gedanken war er wieder mal in Stuttgart und sah seine Frau im Pelzmantel gegen das Licht und im Gang vor den Erdgeschoß-Hörsälen gehen, ohne daß sie ihn bemerkte. Tief versunken ins Zuhören ging sie neben einem Hochgewachsenen, der welterfahren lächelte. Übrigens demselben, der nun hier in Rom die Villa hatte. Eine Galerie für moderne Kunst betrieb er als Hobby.

»Steht eigentlich der Brunnen noch ... ich meine jetzt den hinterm Neuen Schloß?« fragte Livia. »Er hat auf seinem Obelisken einen vergoldeten Adler, und hohe Platanen stehen um ihn herum.«

»Vor vierzehn Tagen bin ich dort gesessen. Die Platanen hatten noch ganz kleine bräunliche Blätter«, antwortete Robert und wunderte sich, daß sie an Stuttgart zurückdachte. Dabei erinnerte er sich der hohen Bäume, sah ihre gefleckte Rinde und die Zierrate des Brunnens, welche glänzten. Wenn er wiederum in Stuttgart war, würde er zu diesem Brunnen gehen, dessen Kühle er zu spüren glaubte, wahrscheinlich weil es heute hier neben der Mauer trotz der Zypressen heiß war. Und er sah Livia wieder einmal so dastehen, als ob sie fröre.

»Dann denkst du also manchmal noch zurück an unser

gemeinsames Künstlerleben?« fragte er und war froh, als sie lächelte. Nun, es war verständlich, daß sie sich in Stuttgart nach dem Leben gesehnt hatte, das sie früher geführt hatte. Als Abwechslung war alles Künstlerische für sie wohl recht nett oder ganz lustig (im Faschingstreiben, beispielsweise), auf die Dauer aber nicht gemäß gewesen; denn Robert hatte so gut wie immer gearbeitet.

Jetzt versuchte er sich vorzustellen, wie es Livia damals neben ihm zumut gewesen war, und dachte: wahrscheinlich langweilig. Jedes Bild mußt du aus dir herausholen in der Einsamkeit, und deshalb bist du nicht gesprächig. Oder du versuchst dich einzufühlen in den andern und verstehst ihn, aber trotzdem ist alles eine wacklige Geschichte. Außerdem geschah bei ihm zu wenig, denn Livia wünschte sich immer, daß sich etwas ereigne; deshalb kam sie bei ihm nicht auf ihre Kosten.

»Viel geschieht ja nicht in meinen Bildern«, sagte er, und der Satz kam ihm unvermittelt vor. Ob Livia dachte: Der redet doch nur von sich selber?

»Was du verschweigst, das läßt du spüren. Oder es kommt aus deinen Bildern heraus. Du hast es in den Farben drin, meine ich oft, oder darin, wie du deine Fläschchen angeordnet hast«, sagte Livia, was ihn verwunderte. Da hatte sie sich also doch in ihn hineingestohlen, sozusagen.

Er wollte sie nicht fragen, wie sie jetzt lebe, und sie schien froh zu sein, daß er's nicht tat.

Er sah das Äußere, und das genügte. Jeden Tag war hinter schräg gestellten Jalousien, durch die Sonne drang, das Kratzen eines Rechens im Kies zu hören, der auf den schmalen Wegen um den Brunnen feinkörnig war, anders als in der Allee. Durchs Pförtnerfenster sagte ab und an eine alte Bedienerin: »Der Herr Direktor ist außer Landes« oder:

»Die Baronesse ruht.« Und die Frau, die Roberts Zimmer sauber machte, bemerkte einmal nebenbei: »Die Schwierigkeiten ziehen sich in die Wände zurück.«
Einmal brachte Livia ihm eine Karte, die sich zwischen ihren Briefen versteckt hatte und auf der auch Lore unterschrieben hatte. Robert dachte: typisch Ottilie ... denn seine Schwester liebte es, ein bißchen Unruhe und Ärger unter die Leute zu mischen. Robert aber brauchte all dies nicht. Am liebsten reinigtest du die Luft von der Ausdünstung des Ärgers. Ottilie aber wollte manchmal jemand ärgern und wußte, wie sie Mißhelligkeit verbreiten konnte.
Robert sagte: »Lore ... zu beneiden ist die auch nicht.«
»Warum?«
»Ihr Sohn treibt sich herum.« Und er fügte hinzu: »Wahrscheinlich heißt das heutzutage: Er ist ausgeflippt.«
Livia fragte Robert, welche Frauennamen ihm gefielen, worauf er »eigentlich alle« sagte und Livia fragte: »Kannst du dir vorstellen, wie's möglich ist, daß man beispielsweise bei dem Namen Lore an eine Frau denkt, die fest dasteht und selbstgewobene Röcke trägt. Eine, die sagt, was sie denkt?«
»Und einen Mittelscheitel hat. Natürlich ist sie blond«, fügte Livia hinzu.
»Die auf der Karte unterschrieben hat, ist schwarzhaarig. Im Lauf der Zeit aber hat sich ihr Haar ins Bräunliche verändert. Dem Typus nach sollte sie beinahe das sein, was man lasterhaft nennt. Dabei ist sie empfindlich und hat etwas Duldendes. Sie gibt nach, läßt sich zuviel gefallen. Und kann sich trotzdem wehren.«
»Eine dämonische Dame also«, entschied Livia.
Robert schüttelte den Kopf und sagte, nein, so eine sei die nicht. Ihm fiel es schwer, sich eine dämonische Dame vorzustellen, auch hatte er das Gefühl, was er über Frauen sage,

quäle Livia. Er hätte gern erfahren, ob sie hier etwas vermißte, wagte aber nicht, sie danach zu fragen. Und er sagte, wenn er nur malen dürfe, sei er schon zufrieden. Erzählte dann von einer Radfahrt an einem hellen warmen Tag, als er bei Heimerdingen einen platt gewalzten Maulwurf auf der Asphaltstraße gesehen und die rosa Zehen des toten Tiers auf dem schwarzen Steinpanzer geleuchtet hatten. – »Zu Hause malte ich das Tote als ob es anderswo wäre«, sagte er zu Livia und hoffte, sie abzulenken von ihrer Betrübnis. – »Was meinst du mit ›anderswo‹?« fragte sie, und er erwiderte: »Nur in mir selbst.« Dabei hatte er das Gefühl, etwas verraten zu haben, schwieg und sah auf die fleckige Mauer, an der ein Efeuzweig herabhing. Jetzt wäre er gerne allein gewesen, um zu malen.

Zwar hatte er Malzeug mitgebracht, benützte es aber nicht. Vielleicht sei's ein gutes Zeichen, wenn er seiner Arbeit nicht bedürfe. Marc Aurel hatte geschrieben: »Wie der Augenkranke zum Schwämmchen, so kehre du zur Philosophie zurück.« Und Robert wußte, daß ihn seine Arbeit besänftigte, wie Marc Aurel besänftigt wurde von der Philosophie.

Ein Heilmittel also. Zum Malen brauchst du einen klaren Kopf. Manches Glas Wein hast du stehen lassen, weil du zu dir sagtest: Morgen mußt du wieder an die Staffelei, von den Mühsalen der Seele ganz zu schweigen. Und wenig später fiel ihm Montaigne ein, der hier nur Altes angeschaut, die moderne Stadt Rom aber nicht beachtet hatte. So machst du's auch ... Und er sagte zu Livia, die ihm begegnete, als er vom Frühstück in der Trattoria kam, heute fahre er nach Tivoli hinaus zur Hadriansvilla.

Sie wollte dann mitgehen, sagte auch, sie fahre ihn im Auto hin, doch war ihm der Omnibus lieber. – »Der Romfahrer

nimmt seine Römerstraßen im hart stoßenden Omnibus auch durch den Hintern in sich auf«, sagte er.
Sie lächelte, doch war dies nicht nach ihrem Sinn. Immerhin ließ sie sich darauf ein und sagte, ihr Gehirn schwanke unter der Schädeldecke wie Wasser in einem Bottich, was ihm gefiel. Hoffentlich bleibt sie so munter, dachte er und nahm in der stickigen Omnibusluft sein zusammengerolltes Strohhütchen aus der Tasche. Er setzte es so auf, daß es einem Chinesenhut glich, flach und spitz. Dabei wunderte er sich, daß Livia nicht protestierte.
Die Campagna war weit und grün. Tivoli, modern an den Hang gestaffelt, lag dunstig in kahler, nur von Buschwerk belebter Ödnis, als dehne sich karstiges Kalkgestein.
Beim Aussteigen packte ihn die Hitze an. Dann mußte er noch eine halbe Stunde gehen, doch machte ihm das Sonnenbrennen unterm Strohhütchen nichts aus. Livia aber quälte sich und sagte, Rom habe ein schreckliches Klima.
Immerhin, Robert konnte sie verstehen und wunderte sich wieder mal, daß er – obwohl Künstler – wenig anfällig war gegen Lufteinflüsse, während Livia sich so verhielt, wie eine Künstlerin sich gemeinhin gebärdete. Eigentlich wärst du verpflichtet zu derlei Gefühlsäußerungen, dachte er, sah über einer Böschung ein bräunliches Restaurant mit Tischen unter einem Weinlaubdache stehen und wünschte sich, dort Station zu machen, allerdings allein. Und hoffentlich fühlte sich Livia in Hadrians Villa nicht allzu fremd.
Ein weites Areal, besetzt mit Trümmern, das war noch von den vielen Bauten übrig. Wie eine verlassene Baustelle sah es aus. Die Mauerreste waren weit verstreut und von einer gewissen Mächtigkeit. Als braune, eng geschichtete Ziegelmauern ragten sie auf, vom Regen und von Sonnenschärfe, auch vom Winde an den Kanten wie modelliert. Algengrüne Seen streckten sich als lange Bassins aus, mit Marmor eingefaßt. Auf einem segelten zwei Schwäne. Standbilder schau-

ten her, sich im Gewässer spiegelnd. Robert befremdete dies, vielleicht der gewaltigen Größe wegen.
Er fragte Livia, was sie dazu meine, und dachte, es würde ihr, der großzügigen Stimmung wegen, vielleicht gefallen.
»Es widerstreitet in mir«, antwortete sie. »Die Vornehmheit, die Üppigkeit, das Riesenhafte.«
»Ich dachte, weil du das Großzügige gewohnt bist, atmest du hier auf.«
»Dir ist die Enge angenehm. Oder findest du dich nur mit ihr ab, hättest alles aber lieber anders?« fragte sie, und Robert antwortete: »Wenn es einigermaßen still ist, bin ich einverstanden.«
»Meine Eltern haben dich abgelehnt. Das geht dir nach. Aber jetzt atmest du auf, weil du wieder allein bist.« Und Livia fügte hinzu: »Ich hab' mich nicht zerreißen können zwischen dir und ihnen. Und ich weiß schon, daß du denkst: sie mußte wieder zurück in den Reichtum.«
Sie hatte vielleicht das Gefühl: recht gemacht habe ich es niemand. Mir selbst jedenfalls nicht, weil ich nicht weiß, wer ich selbst bin ... Er hütete sich, dies zu sagen und ging abseits, zumindest in seinen Gedanken, betrachtete das stillstehende Wasser, das scharfe Licht und die grüne Weite der Campagna. Zwischen lanzettförmigen Ölbaumblättern war graugrünsilbernes Licht und ein Netz aus Schatten.
Einmal bringst du es vielleicht heraus mit deinen Farben. Hier ruhte eine nur noch schattenhafte Schönheit aus, die sich ahnen ließ in Säulenresten, Gebälkstücken. Reste von Treppen oder Mosaiken waren selten. Von schwarzem Zement wurde eine Kuppel gerade noch zusammengehalten, und vielleicht war in den Zement Basalt hineingemischt. Daneben eine zweite Kuppel, auch sie schwarz umkleidet und am Scheitel mit einem runden Lichtloch wie das Kolosseum. Hohen schwarzen Bienenkörben ähnlich, standen diese Kuppelbauten beieinander. Trampelpfade wanden

sich in Wiesen. Zwischen Trümmern ging ein Mädchen im gelblichen Gewand, das an ihre Knöchel rührte. Sie hatte Sandalen an den nackten Füßen und schritt antikisch; wenigstens kam es Robert so vor. Ein rundes Theater hatte einen Ring aus grünem Wasser unter korinthischen Säulen. Wie Würmer wimmelten Fischlein im Wasser, und das Rundtheater war noch ein begrenzter Raum, während draußen alle andern Bauten von der Witterung in Höhlen verwandelt worden waren.

Der Wandelgang um ein Gewässer, das einem Kanal glich, war eine hohe Ziegelmauer. Davor aß Livia eine Grapefruit. Eine Schulklasse lärmte vorbei, ein hübscher Junge lächelte und sagte auf Deutsch: »Geben Sie mir tausend Lire.« Dann holte ihn der Lehrer weg.

Der Junge wußte längst, was er mit seinem Charme erreichen konnte; schließlich blieb vom ersten Lebenstag an das Lebensgefühl gleich.

Sie gingen wieder zurück zu Ruinen, in denen Steintreppen erhalten waren, allerdings ziemlich verfallene. Eiserne Stufen waren darübergebaut, und als Robert über sie hinaufging, meinte er in ein Zimmer hineinzukommen, wo ihm gesagt würde, er werde den Kaiser treffen. Welchen Kaiser? Doch wohl den Adoptivenkel Hadrians, der als Marc Aurel bekannt war. Außerdem wußte Robert nicht, ob und wo der hier gewohnt hatte. Fischteiche, Wandelgänge, Gästezimmer, Theater, Tempel und so weiter, die waren bekannt, niemand aber konnte sicher sagen: Das Haus dort drüben ist der Palast des Kaisers. Und Robert redete mit Livia, fragte, wo sie meine, daß vielleicht oder wahrscheinlich ...

»Du weißt doch, daß ich diese Wissenschaft nicht kennen will, weil sie mein Vater zur Genüge praktiziert hat«, antwortete sie ihm.

Sie hatte eine Abneigung gegen alte Mauern. Beschämend, daß Robert nicht daran gedacht hatte. Für sie war doch nur

Heutiges lebendig, hauptsächlich die Sprache. Und er dachte: warum hat sie dann mitgehen wollen? Vielleicht, damit du keine fremde Frau beachtest. Aber sie müßte doch allmählich merken, daß du nur deine Ruhe haben willst, und die würde durch eine andere Frau gefährdet. Letztlich war auch Livia für ihn jetzt eine andre Frau ... Doch wenn du bei ihr eingeladen bist, mußt du wohl in Kauf nehmen, daß sie sich wandelt, sozusagen; oder wieder die alte wird, je länger du mit ihr durch Vergangenheitstrümmer gehst.

Da ging er dann wieder hinunter über die eisernen Treppenstufen, vor denen Livia wartete. Und er wagte sie zu fragen: »Was tut dein Mann?«

»Ja, was ist er? Ein Manager ...« Sie zuckte mit den Schultern, als wüßte sie es nicht genau (und eigentlich sei es egal). Ihn, Robert aber, kenne sie, gewissermaßen. »Was man halt so kennen nennt.«

»Du hast dir von mir ein Bild gemacht«, sagte Robert und sah aufeinandergelegte Platten an, solche mit grauer Marmorierung, als wäre dunkler Schlick in Sand oder Lehm eingedrungen, und beide hätten sich verfestigt. Es war in einem Gang, und drüben, wo der Gang zu Ende war, schauten ein Mädchen und ein junger Mann zu ihm her (die beobachten, ob du etwas mitnimmst). Und er sagte zu Livia: »Beschreibst du mir dein Bild des Robert?«

»Ein Künstlergemüt bist du, zum Glück ein naives. Von meinem Mann dagegen weiß ich nichts.«

»So ist's«, sagte Robert und sah im Sonnenbrennen auf den Kies, während ihn Livia wissen ließ, einmal habe er ihr jedenfalls verraten, er könne den anderen Menschen alles von sich erzählen und sie wüßten trotzdem nichts von ihm. In seinen Bildern habe er's nämlich erzählt. – »Wenn du aber dieses Gefühl hast, niemand habe von dir eine Ahnung, bist du einsam.«

»So? Meinst du?« sagte er. Und nach einer Weile: »Schwitzt du?« worauf sie schnell antwortete, sie schwitze nie.
Diese Antwort hatte er erwartet, denn Livia wies es schon immer von sich, zu schwitzen oder geschwitzt zu haben. Schweiß und Körperdunst empfand sie als widerwärtig. – »Wenn du schwitzt, lebst du«, pflegte er zu sagen, aber dies verschwieg er jetzt, wahrscheinlich weil sie es so von ihm erwartete. Und sie gingen zum Kiosk, wo Livia ein Coca-Cola und er eine Limonade trank. Sie hatte eine Sonnenbrille aufgesetzt. Robert sah, wie sich ihre Stirnhaut über den Augenbrauen zusammenzog, während sie am Strohhalm saugte. Eine Träne rann unter ihrer Brille hervor, und Robert dachte, vielleicht habe er zu wenig Mitgefühl mit ihrem Durst gezeigt. Und er fragte, warum sie weine.
»Ich will nicht gefragt werden«, sagte sie.

Wieder im Omnibus, zeigte er ihr ein Stück Marmor, das er mitgenommen hatte und das ein wenig kleiner war als seine Hand: ein vierkantiger Stein, zwei Finger breit und nicht poliert. Die grauen Schlieren darin schienen sich zu verändern, als wäre alles Wasser.
Livia sagte: »Das kannst du mir geben« und nahm es an sich, während der Wagen rüttelte und stieß. Die Menschen waren dicht hineingepreßt, und Robert machte einem alten Mann Platz, der seinem Vater glich; er war hager und sah wie ein Bauer aus, der zum Arzt in die Stadt fährt.
Vor der Villa hörte er dann eine klare Musik aus dem Radioapparat im Portiershäuschen. Vor zweihundert Jahren mochten diese Töne aufgeschrieben worden sein, und Robert kam's merkwürdig vor, daß sie nun hier erklangen. Erklären aber hätte er es Livia nicht können, warum er jetzt aufmerkte und die Musik ihm als eine besondere erschien. Auch kam's ihm vor, als höre Livia nichts, vielleicht weil sie

es eilig hatte und wegkommen wollte von den Resten der Vergangenheit draußen in Tivoli oder in sich selber.
Immer noch klang die Musik, und als sie beide hinter dem Tor standen, wurden die Klänge lauter, weil nun die Portiersfrau herauskam und die Tür hinter sich offen ließ. Sie brachte Livia einen Brief, wobei sie sich beeilte und beinahe gefallen wäre. Robert stützte die kleine Frau und sagte: »Der Kiesbelag ist zu dick.«
»Sag nichts über den Kies!« fuhr ihn Livia an. »Er muß so grob sein, damit er die Groben abhält«, was Robert unverständlich blieb, doch legte er sich ihre Worte so zurecht, daß jeder, der hier ging, seine Schritte des Kieses wegen mäßigen mußte und deshalb vielleicht ein bißchen über sich selbst nachdachte, über den Kies und die Blätter der Steineichen und daß nun ein Augenblick seines Lebens langsamer verging, gewissermaßen.
Immer noch klang die Musik, jetzt ein wenig entfernter. – »Mein Mann hat mir geschrieben. Er ist ein großmütiger Mensch«, sagte Livia. Ihren Brief und den Stein aus der Hadriansvilla, den sie von Robert hatte haben wollen, drückte sie an sich und lief damit zur Villa, wobei sie mühsam vorwärts kam im hohen Kies.

Robert fuhr am nächsten Tag wieder zurück nach Deutschland und freute sich an den Holunderblüten in der dunkelgrünen Kühle hinterm Brenner. Die Autos fuhren draußen langsamer als in Rom, wo der Lärm des Wahlkampfs weiterging. Und Robert dachte an Flugblätter, die in den Park der Villa herabgeflattert waren, als er wegfuhr. Livia war nicht zu sehen gewesen, weshalb er bei der Portiersfrau einen Brief für sie abgegeben hatte.
Bei Stuttgart fuhr der Zug hinterm Tunnel des Rosensteinparks an den Anlagen vorbei, und Robert freute sich an den

hohen Platanen der Allee. Die Gruppe der ›Rossebändiger‹ stand an ihrem Eingang, und die Pferde aus Stein bäumten sich vor den Standbildern junger Burschen, die sie am Zaum hielten. Das Abendlicht machte das Tal weit und legte seinen Schein auf die Häuser am Hang, deren Fenster blitzten.

Zu Hause fragte ihn seine Schwester, die aus der Küche kam, ob er dort unten (sie meinte: in Rom) auch jeden Tag sein graues Kittele angezogen habe, und er antwortete: »Ha freilich«, worauf sie den Kopf schüttelte und »das sieht dir ähnlich« sagte. – »Weißt du, ich bin bloß ein Maler«, fügte Robert hinzu und dachte, seine Schwester meine es trotz allem gut mit ihm.

Außerdem konnte er jetzt wieder Erdnüsse und Knoblauchzehen essen und in der Samthose herumgehen, von der sein Schneider gesagt hatte: »Die hält Sie aus.« Er hatte es auf Bayerisch gesagt, weil Roberts Hose dort hinten an der tschechischen Grenze gemacht worden war, wo er jedes Jahr vierzehn Tage bis drei Wochen lang nichts tat. Heuer würde er dort den grauen Heustadel malen, der ans Haus gebaut und von hohen Beigen gespaltenen Holzes wie mit einer zweiten Mauer verstärkt war. Einen Turm aus Holzscheiten hatten sie dort auch aufgebaut, und wenn an einem Regentag ein Rabe darauf hockte, dann sah es aus, als wäre der ins Holz hineingewachsen. So mußte das Bild werden. Die beiden schwarzen Katzen, die Lucky und Lady genannt wurden, gehörten auch dazu. Aber die wollte er in einem andern Bild festhalten, und das mußte er im Juni malen, wenn das Gras hinterm Haus hoch stand.

Es war ein Zwielicht-Bild, was er sich vorstellte. Vor dicht stehenden Gräsern flatterten flaumige Schmetterlinge. Im Dämmerlicht setzten die sich auf die Gräserblüten und die Blumen. Wenn sie flogen, gingen die beiden Katzen vorbei und reckten sich geschwind auf, als ob sie tanzten. Dabei

fingen sie die flaumigen Falter mit den Pfoten, als pflückten sie sie aus der Luft, um sie zu fressen.
Er sah das Bild mit den zwei schattenhaften Katzen und den bleichen Faltern. Verwischt sollte es erscheinen, die Katzenleiber verzerrt oder wie angefressen von der Dämmerung. Ob's ihm gelänge, dabei etwas anderes zu zeigen als bloß schwarze Katzen, die Nachtfalter fingen? Wer's anschaute sollte das Gefühl haben, als könne auch einmal er selber zu denen zählen, die von Pfoten gepackt wurden. Und Schweigen mußte von dem Bild ausgehen. Vielleicht war's gut, die Katzen von rückwärts zu zeigen, schwarz im Dunkelwerden. Im Gras hockte ein Glühwurm vorne rechts, und der Schein, der von ihm ausging, erhellte drei Grashalme von unten her, zwischen denen es ins Dickicht hineinging. Nein, das ist zuviel. Das läßt du weg.

Da hast du also deinen Urwald bei zwei Katzen in einer dämmerigen Wiese, sei's im Bayerischen Wald, sei's in der Oberpfalz oder beim Stiefelhagen, drüben in Göppingen.
»Was willst du denn bei dem? Dort gibt's doch in den Wirtshäusern bloß Bier und Leberkäs«, sagte Ottilie. – »Grad deshalb. Das Feine kriege ich von dir, denn du bist kultiviert«, erwiderte Robert, worauf sie neben ihrer Kaffeetasse den kleinen Finger abspreizte, die Lippen spitzte, sich aufrecht setzte und schließlich als kultivierte Trippeldame in die Küche ging.
Nicht schlecht, die Ottilie; denn witzig war sie auch. Du mußt mal ihren abgespreizten kleinen Finger neben der Kaffeetasse malen. Und er machte sich auf zur Jahresversammlung des Vereins Bildender Künstler, der gespalten oder gesprengt werden sollte, weil wieder einmal eine Krise schwelte, die bis heute nur Kompromisse bewirkt hatte.
Gut so, dachte Robert und traf vor dem Café im Kunstge-

bäude den Rebellen Wagner, der über die Zeitung ›Die Zeit‹ schimpfte. – »Dort droben in Hamburg kultivieren die im Feuilleton doch bloß gut gewachsene Damen!« rief er aus und reckte sein Mähnenhaupt über der langen schlacksigen Gestalt. – »Aber die können doch nicht malen. Das sind halt so Schriftstellerinnen, weiß du«, entgegnete Robert, worauf Wagner sagte: »So? Gut, daß du mir's sagst. Du, Robert, ich wär' da glatt hineingesegelt in was Dummes. Du hast mich vor einer Blamasch gerettet!« Und er dankte Robert mit kräftigem Händedruck.

Als nichtsahnender Lächler eröffnete Maxim die Versammlung, begrüßte den Herrn Kulturreferenten, erstattete den Rechenschaftsbericht und stemmte nach der Pause den Kollegen Knöller mit seinem Stuhl auf den obersten Platz. Maxim tat dies bei jeder Versammlung, es war seine Kraftnummer, die zur Tagesordnung gehörte, und das war gut. Trotzdem wagte Knöller einen Ausfall kunsttheoretischer Art, indem er Maxim des gefälligen, öligen Traditionalismus zieh. Vor Maxims Bildern brauche man immer schnell mal einen Schnaps, sonst bringe man sie nicht hinunter. Zu einem andern sagte er: »Wenn du so weitermachst wie bisher, dann bist du übermorgen in der Abstraktion drin.« Es war als Kompliment gemeint, weil Knöller gegenstandslos malte. Und wenn Kollegen, die auf gegenstandslose Kunst schworen, in einem Wirtshaus beisammen hockten, dann wehe, wenn einer hereinkam, in dessen Bildern noch ein Mensch oder ein Ding oder gar eine Landschaft zu erkennen war! Gut, daß der Maxim den Knöller – er wurde auch »Dynamit-Otto« genannt, aber manchmal war sein Dynamit naß – aufs theoretische Gleis gelockt hatte, wo er bald vor einem unvermeidlichen Prellbock stehen würde (seltsam, daß man sich um Geschmackssachen streiten mußte). Und Robert drückte sich hinaus aufs Klo, schöpfte frische Luft in den Anlagen hinterm Neuen Schloß und

kam gerade recht zur Wahl. – »Wie wählt man?« fragte er seinen Nebensitzer, und der wählte den Knöller. Au net schlecht.
Mit seinen Gedanken rutschte Robert weg. Vielleicht, daß er am Samstag mal zu Lore hinausschaute. Nein, das hatte Zeit. Und er nahm sich vor, heute Abend mit Ottilie ins Wirtshaus zu gehen, damit sie sich an ihrem Bruderherz und einem Viertele Remstäler wärmen konnte. – »Das tust du bloß, weil du ein schlechtes Gewissen hast. Ich stopfe dir doch deine Socken«, würde sie dann sagen.
Im Hinausgehen begrüßte Robert den achtzigjährigen Kollegen, der klein und munter war. »Knoblauch-Ferdl« wurde der genannt, weil er unter seinem Bett ein Säcklein voll Knoblauchzehen und ein anderes mit Erdnüssen liegen hatte. – »Das mußt du auch essen, das ist gesund«, pflegte er zu sagen und über sein breites Gesicht zu strahlen.

Das hat dir damals eingeleuchtet, und seitdem machst du's wie der Knoblauch Ferdl. Oder würdest du, deiner Schwester wegen, auf den Knoblauch verzichten? Das kam nie in Frage.
Der Knoblauch-Ferdl malte nur Farbflecke und Linien wie Spinnennetze oder Regenrinnsale im Sand, obwohl so etwas in seinen Bildern nicht dargestellt wurde. Aber wer sie ansah, wurde dann und wann an derlei Wirklichkeitsreste erinnert, jeder übrigens an andere. Deshalb gefielen Robert diese hellen, luftigen Farbverflechtungen, die sich im Bildraum aufzulösen oder in die Tiefe zurückzuziehen schienen. Da malte dieser alte Herr also abstrakt, gegenstandslos oder konkret (die Bezeichnungen wechselten). Und wenn einer wie Ferdl diese Malweise praktizierte, dann gefiel sie Robert, weil sein Kollege ihn nicht dazu überreden oder am Ende gar bestimmen wollte, so zu malen, wie er's

tat; denn der mußte so malen, weil die Malerei für ihn ein Spiel war.
Du hast's ein bißchen schwieriger mit dir selbst, dachte Robert und stellte sich seine Bilder vor, die depressiv waren. Alle in alter Manier und mit dem Haarpinsel sorgfältig aus dem Nichts herausgeholt wie diese beiden Katzen, die im Zwielicht Nachtschmetterlinge jagten. An sich nichts Besonderes, aber trotzdem schrieb halt da und dort ein Kritiker, in Roberts zerbeulten Konservendosen und rostigen Schlüsseln zeige er das geschundene Menschenangesicht und einen inneren Bezirk.
Was der mit »innerem Bezirk« meinte? Deine Empfindungen und daß du gequält wirst wie jeder andere. Du stellst dieses Gequältsein dar, und es soll bei den anderen Mitgefühl wecken, weil diese anderen in deinen Bildern sich selbst finden sollen. Zuweilen schien es ihm, als ob ihm dies gelungen wäre, freilich nur bei wenigen. Und er erinnerte sich an Lore, die, wenn sie aufrichtig gewesen wäre, über seine Bilder hätte sagen müssen, sie seien ihr fremd. Statt dessen war sie mit seiner Behandlung der Farbe nicht einverstanden, die ihr allzu herb und trocken dünkte, auch erschienen ihr gewisse Motive seiner Bilder sozusagen inkongruent, denn beispielsweise zerfalle das mit den beiden Pflastersteinen und dem grünschillernden Laufkäfer in zwei Hälften, weil da noch dieser Fußabdruck im nassen Sand dazukomme. Die Schnecke mit dem verletzten Schneckenhaus aber, aus dem der Leib der Schnecke hervorquelle, die wirke jedenfalls grausam, wenn nicht nahezu obszön.
Eine strenge Richterin, die Lore, der einmal die Bemerkung entschlüpft war: »wenn man wie du seinen Neigungen lebt ...« Sie meinte wohl, er halte sich heraus aus allem Schweißigen und Schmutzigen, dem eine wie sie ausgeliefert sei. Und deshalb habe er es leichter.

Dir begegnet nichts Bedeutendes, doch es genügt dir. Weil's warm war, ging er wieder mal ins Mineralbad und dachte, während er auf die Straßenbahn wartete, an die Platanenallee hinter weißen Marmorpferden nicht weit vom hohen Wall, über den Züge fuhren, als hinter ihm eine Frauenstimme seinen Namen rief. Da war's dann Lore, der er immer wieder mal begegnete. Merkwürdig, solch eine freundschaftliche Beziehung ... Man achtete einander, man kam sich näher, entfernte sich wieder (für einen wie dich gewissermaßen symptomatisch, und warum? Du weißt es nicht).

Es war gut, sich in acht zu nehmen; allzu nahe kommen war nicht ratsam oder nicht erlaubt. Aber er verstand sich gut mit ihr, die auch schon über vierzig Jahre alt sein mochte.

Nun war also der Paul bei ihr, dieser Medizinstudent. Das ging auch schon anderthalb Jahre (nein, länger). Früher aber war auch sie verheiratet gewesen. Und Robert erinnerte sich, wie sie in einer weißen Bluse über die Straße gelaufen war und ihm die Hand hingestreckt hatte. Ihren Wagen hatte sie auf dem Stöckachplatz geparkt gehabt und war mit breitem Gesicht und dunklem Haar vor ihm gestanden, nicht viel größer als er. Als sie in ihren zerkratzten Citroën gekrochen waren, sagte sie: »Kannst du dir mein Haar von früher denken? Du, ich meine ... ich hätt' früher schwarzes Haar gehabt.« – »Ja, blauschwarzes.«

Sie drehte den Rückspiegel so, daß sie sich darin sehen konnte, strich sich über das Haar: »Und jetzt ist's so ...« – »Schwarzbraun ist's. Eigentlich schöner«, sagte er und überlegte, ob sie's freute; denn anmerken ließ sie sich kaum etwas, obwohl sie ihm empfindlich vorkam.

Sie hatte schmale und langgliedrige Hände. Und wie immer sprach sie Hochdeutsch, obwohl sie schwäbischer Herkunft war, und sagte: »Seltsam, daß wir uns getroffen haben. Ich fahre auch ins Bad.«

Einen schweren goldenen Ring mit Amethyst am Finger, lenkte sie das Auto. Im Mineralbad trug sie einen olivfarbenen Badeanzug, und Robert dachte, sie sei zu mager für ihre Figur. Die Hüftknochen zeichneten sich ab, und ihre Arme erschienen dünn.
»Bist du jetzt geschieden?« fragte er.
»Ja.«
Er erkundigte sich ein bißchen, verzichtete aber dann, weil er zu spüren meinte, sie wolle nichts erzählen; schließlich hatte er sie über ein Jahr nicht gesehen. Doch sie erzählte von Mannheim, wo sie fünf Wochen lang bei ihrer Freundin gewesen und nicht auf die Straße gegangen war: »Wenn der Richter fragt: Leben Sie getrennt? und man muß mit Nein antworten, dann heißt's nach dem neuen Gesetz: Also wird es mit der Scheidung nicht so eilig sein. Jetzt aber bin ich frei. Ob ich ihm Essen machen will oder nicht, das liegt bei mir. Oder wenn er bei mir sein will, tue ich's aus eigenem Entschluß. Ich bin nicht mehr verpflichtet.«
»Ja, lebt ihr denn trotzdem zusammen, obwohl ihr geschieden seid?«
»Ja.«
In die Scheidung hatte er erst eingewilligt, nachdem sie ihm versprochen hatte, daß sie bei ihm blieb: Er behauptete, er könne ohne sie nicht leben. Und als sie im vergangenen Herbst wieder eine Fehlgeburt überwunden hatte und krank zu Hause lag, hatte sie nicht zum Scheidungsrichter gehen können. – »Da hat er mich entschuldigt«, sagte sie.
»Ihr müßt aneinander gebunden sein«, sagte Robert, und sie erwiderte: »Wahrscheinlich... Wenn er behauptet, er könne ohne mich nicht leben, fühl' ich mich verpflichtet. Ich muß dann für ihn dasein, und ich will von ihm ein Kind, weil ich mir vorstelle, wenn ein Kind da ist, wird es zwischen uns besser.«
Robert dachte: die ist mutig ... und erinnerte sich ihres

Sohnes, der jetzt auch schon achtzehn Jahre alt sein mochte.

»Und vor der Ehe war der Mann der liebenswürdigste Kerl, den es je gegeben hat?« – »Oh nein. Gar nicht. Aber ich habe gedacht, es werde nach der Heirat besser.« – »Hat er nicht ein Kind von dieser andern?« – »Ja. Die ist Kontoristin. Ihr Vater hat eine Tankstelle, und jetzt hat sie sich ein Haus gebaut. Die sagt: ›Kommt nicht in Frage, daß ich ihn heirate.‹ Die ist robust. Ich habe sie mal eingeladen, und er hat hernach gesagt, ich habe ihn verkuppeln wollen ... Oh, gestern bin ich ihm an die Kehle gefahren, da hat er aufgeschaut ... Und, wenn ich verschwände: Es wäre ja gleichgültig. Und ich wäre schon dazu imstande, daß ich ihn verschwinden ließe. Dann käme halt für mich das Zuchthaus, und was wär das schon? Na also.«

»Du bist auch schwierig«, sagte Robert. – »Ich? Ich habe den Fehler, daß ich alles zu genau nehme. Und dann, daß ich mich aufopfern will. Ich hab' auch schon gedacht: vielleicht bist du an ihn gebunden. Aber als ich fünf Wochen allein in Frankfurt war, habe ich gemerkt, daß es nicht so ist.«

Robert dachte, sie wolle gequält werden, und erinnerte sich, daß sie einmal – und es war schon lange her – erzählt hatte, jemand habe ihre Handschrift gesehen und gesagt, die sehe wie eine Schriftstellerhandschrift aus; weshalb Robert glaubte, jene Unbekannte müsse von Büchern diejenigen schätzen, welche Empfindlichkeit verrieten; denn Lore hatte eine feine und drucklose Handschrift.

Was sie erzählt hatte, ging ihm nach. Eine wie sie wollte es nicht ruhig haben, während ihm eine besänftigte Empfindung lieber war. Er hatte Mühe, Innen und Außen auszubalancieren, während andere – also auch Lore – Geschehnisse brauchten, die sie wach hielten. Nicht umsonst hatte

sie einmal zu ihm gesagt: »Wenn einer breite Schultern und schmale Hüften hat, bin ich ganz weg.«
Wahrscheinlich hatte ihr Mann so ausgesehen. Und Robert dachte: hoffentlich begegnest du dem nie. Kurios das Ganze und eigentlich grausig ... Aber so wollte sie es haben. Und ihm fiel das Gespräch über ihre Haarfarbe ein, die jetzt dunkelbraun war (gefärbt hatte sie sich ihr Haar nie); bei ihr änderte sich eben alles immer wieder. Und eigentlich wollte sie es anders haben, nur wurde ihr das Andere auch bald langweilig; denn sie brauchte die Unruhe.
»Wir verstehen uns nicht«, sagte sie zu Robert. »Jedenfalls bist du immer anderer Meinung.« Und sie erzählte von ihrer Freundin. Die hatte ihr, als sie von der Schule nach Hause gekommen war, Tabletten in den Mund gestopft, weil sie laut nach ihren Kreislaufmitteln gerufen und sich im Gang auf den Boden geworfen hatte. Jeden Tag kam sie mit ihren Freundinnen zusammen, und es wurde reihum gekocht, meistens bei ihr, weil sie eine große Küche hatte – »Und jeder sagt zum andern, wenn er ihn nicht brauchen kann: Geh weg.«
Robert lächelte, schüttelte den Kopf und sagte: »Wieder einmal sind wir verschiedener Meinung. Aber das ist nur vorübergehend, wie?« Auch sie lächelte nun, und nach einer Weile fügte sie hinzu: »Du erzählst nie etwas von dir. Nun, dann erzählst du eben nichts.«
Es klang, als ob sie sich damit abfände. Robert wollte nichts erzählen, weil's ihm lieber war, wenn ein Zwischenraum blieb. Und von ihr brauchte er auch nicht alles zu wissen. Na also. Auch sie brauchte den Zwischenraum.

5

Jetzt glaubte Lore zu wissen, Robert habe unter seinem Bett zwei Säckchen liegen, das eine voll Erdnüsse und das andere voll Knoblauchzehen. Und sowohl von den einen als auch von den andern äße er jeden Tag. Gerochen hatte sie allerdings davon nie etwas. Und sie nahm sich vor, Robert zu fragen, wie es sich damit verhielt.

Sie ging von der Schule nach Hause, versuchte sich klarzumachen, wie es zwischen ihr und Robert stand. Da kennt ihr euch seit frühen Jugendtagen ... Oder war Robert schon älter als sie gewesen, als sie mit ihm bekannt geworden war? Gewiß, weil Robert neunzehn oder siebzehn Jahre älter ist als du ... Jedenfalls hatte er damals sehr jung ausgesehen, jünger als seine Jahre. Und wann und wie war die Bekanntschaft eingefädelt worden? Sie meinte, bei einem Vortrag über moderne Kunst, als sie hernach ihren Mantel aus einem Kleiderhaufen herausgefischt hatte, der auf einem Tisch gelegen war. Sie hatte am einen und er am anderen Ärmel gezogen und schließlich festgestellt, daß es weder ihr noch sein Mantel war.

Zwischen ihnen hatte sich seitdem so gut wie nichts verändert. Mehr als eine Bekanntschaft war nicht daraus geworden. Gut so, sagte sie zu sich selber, obwohl sie's früher ab und an bedauert hatte, daß sie über mehr als ein »Du« nicht hinausgekommen waren. Und verheiratet ist er wahrscheinlich immer noch, obwohl er jetzt wieder bei seiner Schwester in der alten elterlichen Wohnung lebt ... Doch über seine Verhältnisse redete er so gut wie nie. Das nimmst du ihm übel, obwohl du dich allmählich damit abgefunden haben könntest. Und wieder einmal dachte sie an Paul, ihren jungen Freund, der neunzehn Jahre jünger war als sie. Mit

Paul hielt es immer noch. Ach, der liebe Bub, der Liebe brauchte ... Es war ihr noch nicht klar geworden, ob Paul nur deshalb bei ihr blieb, weil seine Kindheit schlimm gewesen war. Vielleicht mußte er ein Leben lang seine Kindheit nachholen? Nein, ihre Zweierbeziehung war nicht nur deshalb dauerhaft. Schließlich kennst du junge Menschen, die mit älteren Frauen leben und von ihren Müttern heute noch so geliebt werden wie als Kinder; weshalb es möglich war, daß diese Menschen sich die Liebe ihrer Mutter in so etwas wie Ehe weiterhin bewahren wollten. Und sie erinnerte sich, von Paul gehört zu haben, die jungen Dinger seien alle zickige und trübe Tassen.
Merkwürdig, daß sich Paul und ihr geschiedener Mann früher nicht in die Quere gekommen waren (das hast du gut arrangiert). Und es war nur geglückt, weil er oft hatte herumreisen müssen (jetzt ist der endlich aus dem Haus, und dein Paul kann zu dir kommen, wann er will). Und sie erinnerte sich einer Psychologin, die zu ihr gesagt hatte, nur weil ihr Bub keinen Vater habe, sei er seinen Trieben ausgeliefert ... Das mochte stimmen. Und kein Wunder war's, daß ihr Sohn diesen Menschen (ihren Ex-Mann) nie als Ersatz-Vater hatte akzeptieren können. Der war doch haltlos. Wer alles überdachte, das Beziehungsgeflecht aufdröseln wollte, in das er verflochten war, der griff in Spinnenfäden und hatte zuletzt nichts mehr in der Hand.
Also lebe wie bisher und denke dir nicht viel dabei. Da hieß es manchmal: die läßt sich treiben ... aber gelang jemand das, was man »Lebensführung« nannte? Der alte Robert freilich sagte, er habe sich in seinem Leben zu scharf an die Kandare genommen, aber trotzdem versuchte er's jetzt nicht auf lockere Weise (wie du es machst). Der war von seiner Kunst besessen, tat aber so, als verließe er sich beim Malen auf nichts anderes als auf den Zufall oder Einfall, und ›Das Ganze‹ sei ihm nicht besonders wichtig.

Niemand verriet alles, was ihn selbst betraf, weil niemand alles von sich selber wußte. Und wieder einmal fiel ihr ein, von Robert gehört zu haben, er könne alles von sich selbst erzählen, und trotzdem wüßten die anderen nichts von ihm.

Auf jeden Fall war das mit den beiden Säckchen unterm Bett – im einen Knoblauchzehen und im anderen Erdnüsse – sozusagen geschwindelt. Und sie lächelte für sich, schaute auf die körnigen Steinplatten am Boden und spürte Warmes an der Wange. Das war Pauls Zeigefinger.
Sein braunbärtiges Gesicht lächelte ihr zu, und sie beneidete ihn, weil er nie zum Zahnarzt gehen mußte. – »Ich hab' das Auto hinterm Rathaus stehen«, sagte er und hob die Reisetasche. Die hatte er für sie beide gepackt, und Lore wußte längst, daß er ihr Kreislaufmittel obenauf gelegt und in rotes Packpapier eingewickelt hatte. Abends pflegte er zu fragen: »Hast du deine Pillen eingenommen?« was ihr allmählich lästig wurde.
Froh sein, daß er dich danach fragt, hast du gehört? sagte sie zu sich selber und dachte an die Fahrt beinahe mit Behagen. Du wirst ihn zärtlich bitten, nicht zu schnell zu fahren.
Sie kam zum Auto. Paul saß schon hinterm Steuer; er machte ihr die Türe auf. – »Danke schön, und bitte möglichst wenig Autobahn«, sagte sie, während sie sich setzte. Er antwortete: »Bloß ein kurzes Stück«. Seine rechte Hand suchte ihr Knie. Ja, gut ... Zwischen ihr und Paul blieb die Lebensstimmung ausgeglichen. Du strengst dich an, daß es so bleibt, übrigens möglichst lange. Und du fürchtest dich davor, etwas falsch zu machen. Diese Beziehung sollte sich bewähren und sie weitertragen bis hinein ins Alter. Obwohl es fast vermessen war, sich dies vorzustellen. Wünschen freilich darfst du es dir gerne ... Schlimm war nur die

Aussicht auf einen einsamen Winter. Der aber wurde doch fürs erste abgewehrt durch Paul.
Also war es gut. Seit sie Paul kannte, war sie nicht mehr krank. Das heißt: beschädigt bist du, kannst aber den Schaden ausgleichen durch Heilmittel; am besten wohl durchs Heilmittel der Liebe. Die Gallenoperation war jedenfalls geglückt, und Gallensteine waren versteinerte Sorgen. Jetzt bist du nicht mehr krank, und Paul schützt dich vor deinem Sohn, gewissermaßen.
»Glaubst du, daß er uns kennen will, wenn er uns sieht?« fragte sie Paul.
»Natürlich. Vielleicht fällt er dir sogar um den Hals. Denk bloß daran, wie er gewesen ist, als er bei dir Schüler war. Da hat er laut gerufen: Mamma, komm und hilf mir!«
Das hatte er oft gerufen, und es war zum Glück nur um eine Zeichnung gegangen. Jetzt galt er als »überalterter Schüler«, wie's im Zeugnis stand, denn sie hatte ihn dazu überreden können, wenigstens die Volksschule abzuschließen. Und es war geglückt, doch hatte er dann wieder mit dem Autofahren ohne Führerschein angefangen. Ein fremdes Auto gekapert und es in den Straßengraben gefahren. Ein halbes Jahr mit Bewährung war dabei herausgekommen, und sieben Wochen lang hatte er stillgehalten, obwohl der Bewährungshelfer gesagt hatte, er glaube nicht, daß er ihn zurechtbiegen könne. Jetzt war Uli verschwunden, aber Paul hatte herausgebracht, wo er war.
Gescheiter Bursch, der Uli. Blitzgescheit sogar, das bestätigten ihr viele. Also, was wollt ihr denn? Nehmt ihn so wie er ist und zerstört ihm nicht die Zukunft, auch wenn er alles daransetzt, sie sich selber zu zerstören.
»Rast machen?« fragte Paul und deutete im Fahren mit dem Kopf zum Schild hinüber, wo die Ausfahrt markiert war.
Lore freute sich, das schillernde Straßenband zwischen Erdwällen verlassen zu können.

Sie kamen in ein sanftes Tal, über das ein Schlößchen emporragte. Unten lag eine alte Mühle, deren Rad stillstand und die ein Gasthof war. Eine Kellnerin goß am Fenster Wasser in einen Trog, aus dem Papyruspflanzen emporwucherten, die sich im Nachmittagslicht wie ein Dschungel regten.
Lore und Paul setzten sich auf die Bank beim Fenster. Sie wußte, daß sie jetzt sein Gesicht streicheln sollte. Sie tat's und hatte das Gefühl, als schaute sie dabei so aus, als ob sie seine Mutter wäre. Und beinahe verhielt es sich auch so.

Wie lange noch wird er dies von dir haben wollen? Bis zu deinem Tode, falls du alt wirst, dauert es jedenfalls nicht. Noch war es da, jetzt, im Moment des Lichts neben dem Fenster. Zerteilt war dieses Licht von Papyrushalmen, die schwankten, wenn Luft durchs schräggestellte Fenster kam. Die Schatten sahen aus wie Zeiger einer Sonnenuhr. Immer mehr Zeit schiebt sich zwischen dich und Paul und drängt euch auseinander.
Aber was waren dies für träumerische Heimsuchungen, jetzt, in scharfer Helligkeit. Freilich, mit der Jahreszeit ging es schon wieder abwärts, nun im Juni. Sobald der Sommer angefangen hatte, wurde das Licht schwächer. Und du wunderst dich über deine Gedankenflucht.
Sie mußte sich überwinden, aufzustehen, weil's ihr vor Sigmaringen graute, wo sie ihrem Sohn begegnen sollte. Sie überlegte, was sie zu ihm sagen wollte, wenn sie ihn wiedersah, doch fiel ihr nur die Frage »Geht's dir gut?« ein. Geld hatte er noch nie von ihr verlangt (du hast ihm manchmal was gegeben), wahrscheinlich, weil er dachte, er könne dadurch nur abhängig von ihr werden. Typisch stolzer Jüngling ... Und sie erinnerte sich ihres Mannes, der das Gegenteil von ihrem Sohn darstellte, sozusagen. Aber du hast ja deinen Uli nicht von deinem Mann, der unbeherrscht

war. Immer mußte er den größten Wagen fahren, während dein Sohn ... Und sie stellte sich Uli vor, wie er in der engen Küche, eine Hand auf den Tisch gestützt, unbewegten Gesichts zu ihr gesagt hatte: »Es geht nicht an, daß ich von dir lebe.« Immer gab er sich beherrscht, ja streng gegen sich selber und sagte einmal nebenbei: »Ich verdiene das Leben nicht. Weil ich nicht damit zurechtkomme. Du kannst etwas damit anfangen, aber schwer fällt es dir trotzdem.« Und er hatte einen Augenblick lang sein gescheites, weggleitendes Lächeln, diesen Anflug, der schnell verschwand. – »Lernen, und immer nur ein und dasselbe machen, das mag ich nicht. Immer nur an einem Platz sitzen: Das ist eine ungewaschene Sache. Da muß doch mal ein Blitz durchzucken. Ich bewundere euch alle, weil ihr immer nur auf einem Flecken sitzen bleibt. Allerdings fährt mir dann auch der Abscheu durch den Kopf. Und durch die Sinne ... Weißt du, es ist einfach da, und ich will nicht nachgeben. Aber dann wird's übermächtig und stößt mich hinein. Sonderbar ist's schon, weil ich doch kein haltloser Typ bin. Ich stehe oft neben mir selber und schaue mir zu. Da oben«, er tippte sich an die Stirn, »ist's meistens kühl. Und wenn sie's jetzt immer mit Heroin haben: Ich werde nicht süchtig. Probiert habe ich den Stoff natürlich längst.«
Paul sagte: »Also denkst du wieder mal an deinen Sohn. Den kannst du nicht aufhalten. Der kommt auch noch zu Heroin, glaub's mir.« Und Lore nickte, winkte, im Auto sitzend, mit der Hand und deutete nach vorne, wo die Straße am Horizont flüssig zu werden schien und schillerte. Daß der Boden sich auflöste, war vielleicht charakteristisch. Und überreden, überzeugen, eine Barriere errichten wollen gegen Übermächtiges: eigentlich hoffnungslos. Seltsam erschien ihr nur, daß ihr Sohn so beherrscht wirkte, als habe er sich in der Hand. – »Der nimmt alles mit. Ich meine: daß er nichts ausläßt, was sich heutzutage einschleicht. Dem

kannst du doch über sich selbst nichts Neues sagen. Nur reagieren, wenn etwas eingetroffen ist, das kannst du.«
Sie schaute vor sich hin, während der Wagen fuhr, und dachte, Paul wisse wie ein alter Mann Bescheid. Robert hätte dir auch nichts anderes sagen können.

Des Abendessens wegen hielten sie in einem Marktflecken. Dort gab es Leberspatzen in der Brühe, obwohl Lore gesagt hatte, hier könnten sie höchstens mit schwarzer Wurst in Essig und Öl rechnen. Sie saßen im Freien an der warmen Hauswand, über die wilder Wein rankte.
Paul sagte: »Dem Uli wär's hier zu altmodisch«, und ihr fiel ein, daß ihr Sohn aus dem Internat ausgewiesen worden war, weil er einen Stuhl zertrümmert und angezündet hatte. Und sie fügte hinzu: »Wenn einer Feuerstein und Zunder in sich selber hat, muß er halt zündeln.«
»Weißt du, was der Uli einmal zu mir g'sagt hat? ›Wenn du deine Chirurgie nicht hättest, wärest du entweder Metzger oder Mörder!‹«
»Was? Und du hast es dir gefallen lassen?«
»Er hat mich reizen wollen. Und dann: Weißt *du* genau, was in dir los ist und wie es zusammenhängt, das Außen und das Innen? Vielleicht wäre ich roh und händelsüchtig ohne meine Chirurgie. Wahrscheinlich ist die auch bloß ein Geschäft mit Fleisch und Blut.«
Als ob er alles wüßte und sich selber genau kennte, so redete Paul öfter, war dann aber wieder närrisch, kindlich. Und mit ihrem Sohn Uli »bubelte« er gern, legte sogar einmal Schreckschüsse in den Schulhof, die er zurückholte und in den Bach warf, sobald er Uli mit seinem Mädchen aufs Zimmer hatte gehen sehen.
»Einmal hat er von mir verlangt, ich solle Schmiere stehen, weil er in einem Lastwagen die Bremse lockern wollte. Der

Wagen wäre die Straße hinabgerollt und in ein Schaufenster hineingefahren.«
»War die Autotür offen?«
»Ja. Der Fahrer hat sich Mineralwasser gekauft und die Tür nicht richtig zugehauen. Das hat der Uli gleich bemerkt.«
Es wurde ihr schwindlig, doch schob sie's auf das Wetter, das sich ändern würde, weil die Sonne weißstrahlend zwischen Wolkenfetzen unterging. Und sie warteten im Wirtsgarten das Dunkelwerden ab, wobei ihr Paul die Vogelstimmen erklärte und sagte, dieses feine Trillern, das wie Gespinst sei und in ein fast unhörbares Sirren übergehe, gehöre der Nachtigall: »Und jetzt dieser kräftige Schlag.«
»Seltsam, daß es die Nachtigall noch gibt. Ich bliebe gerne hier«, sagte Lore. »Aber komm, mein Sohn zieht mich hier weg. Er ist gegenwärtig, er ist Gegenwart. Zu ihm gehören wir.« Und sie ging zum Auto, nun ein wenig fröstelnd. Und sie dachte: benimm dich so, daß Paul dich nicht begehrt.
Sie schob die Schultern vor, damit sich ihre Brüste nicht in der weißen Bluse abbildeten, und sagte: »Ich bin erschöpft. Ich habe mir zuviel zugemutet heute. Geh doch allein zu ihm.«
Das ging natürlich nicht. Wenn sie schon hier war, mußte sie mitgehen.

Die Disko-Bar hieß ›Rotlicht‹ und lag im Keller. Steile und zu hohe Stufen führten in die Tiefe, und Lore mußte sich am eisernen Geländer bei der Mauer halten.
Unten war es feucht und warm von Menschenleibern. Dazu rotes Licht, grell wie die Musik. Dann blendende Balken von Scheinwerferhelligkeit und daß einem Mädchen der mit Tüll verhüllte Schoß beleuchtet wurde.
»So, Freunde, jetzt wollen wir mal wieder einen kräftigen Beathaufen auf die Fläche setzen«, sagte er, der schmale Kerl

im weißen Anzug, mit kurzem Haar und schwarzem Bärtchen.

Ja, Diskjockey. Monatlich dreitausend Mark. Und für wie lange? Geh von hier weg... Er hat dich noch nicht bemerkt. Und sie stieg mit Paul wieder die Kellertreppe aufwärts. Oben wartete Uli und sagte: »Bitte zu entschuldigen, daß ich euch nicht durchs Mikrophon begrüßt habe.« Sie fragte, wie er heraufgekommen sei, ohne daß sie ihn bemerkt habe, und er zeigte ihr ein Kellerfenster, das im Krieg als Notausstieg benützt worden war.

Er ging noch ein paar Schritte zwischen ihnen in der milden Nacht und fragte seine Mutter, ob sie sich wohlfühle. – »Gewissermaßen«, antwortete sie, und er fügte hinzu: »Ohne deinen mißratenen Sohn fühltest du dich glücklich.« Und leiser: »Ich glaube nämlich, daß du unschuldig bist.«

So redete er öfter. Es war, als wäre seine Seele (oder wie man's nennen wollte) austauschbar. Mal verständig, als spräche er dem Diktat eines Vorgesetzten nach, mal zügellos und wirr. Zuweilen schien es auch, als läse er Sätze aus einem modernen Buch ab, einem Roman, in dem etwas unendlich weiterfloß. Also alles, wie es ihm durch den Kopf ging mit fäkalischen Ausdrücken, maßlosen Vorstellungen, wilden Wünschen. Jetzt aber war er ein korrekter Mensch, vor dem sie sich plump fühlte, weil sie nicht korrekt lebte. Und er weckte den Abscheu mit Maßlosigkeiten, sagte: »Sie haben es gern, wenn ich loslege. So ein bißchen grauen tut's dann jedem. Aber ich muß wieder hinab, sie grölen schon... Ihr hört die Stimmen nicht, die aus der niedern Sphäre kommen«, fügte er spöttisch hinzu und lief weg.

Lore schwieg im Weitergehen und dachte, ihr Sohn durchschaue sie. Der war differenzierter als die andern. Sie hatten ihn also als Diskjockey genommen, weil bei ihm die Stimmung wechselte und er schnell umschalten konnte, sozusagen. Leider ging's nicht. – Erinnern Sie sich vielleicht daran,

daß ich Geld verdienen mußte? fragte sie einen unbekannten Richter, der in einem Parterrezimmer neben einem überheizten Kachelofen saß. Wer der Mann war, wußte sie nicht; sie stellte sich ihn auch nur vor.
Eine Ausgeburt der Phantasie, gewissermaßen, oder so etwas wie dein Gewissen. Nebenbei willst du aber auch ein bißchen leben, ledig des Gewissens, wenn dies möglich ist. Und sie sagte zu Paul: »Ich schweige. Entschuldige, bitte, daß ich schweige«, kam aber trotzdem nicht von sich selbst los. Wer schwieg, war in sich abgesunken. Und sie erinnerte sich, daß ihr Sohn, als er schulpflichtig geworden war, sich einmal so aufgeregt hatte – mit Faustschlägen und Fußtritten war er auf seine Großeltern losgegangen –, daß ihm drei Warzen am linken Handballen gewachsen waren. Dann wiederum diese konventionelle Höflichkeit, die zuweilen höhnisch wirkte; denn insgeheim verachtete er wohl alle anderen. Oder wütete gegen sich und erschien sich zerstörenswert, weil er merkte, daß seine Mutter und seine Großeltern ihm wohlgesinnt waren, er aber Stimmen nicht los wurde, die ihm zuflüsterten: »Verwandtendreck, Verwandtendreck, stopf ihn weg, stopf ihn weg« oder so ähnlich. Jedenfalls war es ihm einmal so herausgefahren, und sie hatte sich's gemerkt. Wie Klimakteriumsmühsal war's ihr vorgekommen, die ihr damals erst bevorstand und eingeleitet wurde von der Bandscheibengeschichte. Die Sirene des Rote-Kreuz-Autos hast du noch im Ohr und siehst das Blaulicht zucken, während sie dich ins Krankenhaus fahren. Es war im letzten Augenblick gewesen, und man hat dich operiert. Seit du aber deinen Paul hast, ist die Bandscheibe in Ordnung. Auch deine Galle hält sich ruhig.
»Da gehen wir und wissen nichts von uns«, sagte sie zu Paul, der erwiderte: »Das stimmt doch nicht. Ich weiß zum Beispiel, daß ich froh bin, jetzt nicht im ›Rotlicht‹ zu sitzen.«
Gewiß, dies war ein Glück, jedenfalls für sie. Und sie

dachte, er gleiche sich ihr an, rede sich ein, daß er nicht gern ins ›Rotlicht‹ ginge, weil's für sie dort zu laut war. Aber er als junger Mensch hätte doch heutzutage seine Freude am Lärm und am Scheinwerferblitzen unten im Keller haben sollen. Und sie glaubte, daß er sich danach sehne, ohne es zu wissen. Aber gleichviel.

Am nächsten Tag schob Helga Kißling, die Pädagogik studierte, ihren Stubenwagen in Lores Wohnung hinein und fragte: »Bist du jetzt frei?« – »Ja, komm nur«, erwiderte Lore.

Dann saß Helga bei ihr, und als ihr Baby schrie, gab sie ihm die Flasche. Der Kleine schluckte kräftig und rülpste auch, wobei ihm eine Milchblase vor dem Mund zerplatzte. Dann legte sie ihn wieder in die Kissen.

»Daß ihr ein Kind habt, wirkt sich das nicht günstig aus?« fragte Lore und wunderte sich, weil die Kissen im Stubenwagen frisch und sauber geglättet waren, während in Helgas Wohnung alles unordentlich herumlag und Staubwölkchen unter der Couch hervorhuschten, wenn Fenster und Tür geöffnet waren. Uwe, der Buchhändlerlehrling, nannte sie »Seelen toter Mäuse«.

Er kam dann auch dazu, beugte sich über den Stubenwagen und sagte: »Schade, daß man nicht immer so bleiben kann. Nicht größer werden, so bleiben, wie der da drin liegt, wär net schlecht.«

Helgas Nase wurde spitz, und Lore merkte, daß sie ihn jetzt wieder zurechtweisen, ihm klarmachen wollte, wie beschränkt und wie egozentrisch solch ein Gefühl sei. Und Uwe fügte hinzu: »Für Verantwortung herzlichen Dank. Die ist so schrecklich hoch und finster.«

»Ja, sich mal fallen lassen. Wieder zurücksinken in den Urschlamm«, sagte Lore, schob die Lippen vor, als schmecke sie den Urschlamm ab. »Dort wär's als warmes Schleimklümpchen noch viel gemütlicher. Und bis du ein Kriechtier bist, hättest du zehn Millionen Jahre Zeit. So ungefähr.«

»Buchführung müßte ich auch keine lernen«, sagte Uwe, während Helga den Kopf reckte und sagte: »Aber jetzt ist man erwachsen, hat ein Kind, und das wird täglich größer!«

»Die Lore versteht mich halt besser«, sagte Uwe.

»Die muß dich auch nicht aushalten mit deiner Spinnerei.«

»Aber ich bin acht Stunden im Geschäft«, fügte Uwe wie zur Besänftigung seiner strengen Partnerin hinzu (verheiratet waren beide nicht). Und Lore sagte: »Wieder mal darf ich daran erinnern, daß mir's vorkommt, als strittet ihr euch über Seelenfürze.«

»Ich nicht, aber er«, sagte Helga, worauf Uwe hinzufügte, schließlich sei er ein Minnesänger, und als solcher habe er das Recht, sich zu beklagen.

Uwe schrieb Gedichte, nur waren die anders, als jene Minnesänger sie geschrieben hatten, die Uwe zu bewundern schien. Und er bezeichnete sich als finsteren Minnesänger, wahrscheinlich weil seine Gedichte als Texte für Popsänger gedacht waren. Und Lore erinnerte sich, daß sie in der rauchdurchzogenen Luft mit Schweißeffekt der ›Rotlicht‹-Diskothek ihren Sohn hatte sagen hören: »Und nun wollen wir also wieder mal unsre stampfenden Füße hören lassen!« Oder hatte es anders geklungen? Schließlich war ihre Erinnerung von Scheinwerfer-Lichtbahnen im ›Rotlicht‹ geblendet und vom Lärm ertaubt. Daß ihr Sohn Uli all dies arrangierte und bis morgens um sechs Uhr auf seinem Disko-Posten blieb, brachte ihm immerhin dreitausend Mark ein.

Uwe, der den Säugling hatte, war nachgiebiger als Uli, wahrscheinlich weil ihn das Gefühl, Vater zu sein, bedrückte. Und Lore fragte sich, weshalb Helga gesagt hatte, ihre Zweierbeziehung sei kaputt. Die konnte doch zufrieden sein mit ihrem ›Minnesänger‹. Oder wollte sie, daß er immer wieder zu ihr sagte: »Ich bin ganz deiner Meinung?« Nun ja, die hatten sich halt auch zu früh auf die glühende Liebe eingelassen, und jetzt war's halt passiert. – »Scho 'neidappt«, also »schon hineingetappt« hätte Robert gesagt, wenn sie ihn über Uwe und Helga gefragt hätte.

Robert, der tröstete sie, wenn er hier war, auch ohne ein Wort zu sagen. Und sie dachte, eigentlich verstehe sie sich nur mit ihm. Beinahe zwanzig Jahre ist er älter, aber das macht nichts.

Da fürchteten sich also alle diese jungen Menschen vor den Jahren, die noch auf sie warteten. Auch dein Sohn gehört dazu ... dachte Lore und glaubte, daß es nur Lebensangst sei, was ihn dazu trieb, immer wieder diese Zicken zu machen, Dinge zu drehen. Die liefen dann auf Zerstörung hinaus, und der Zerstörungstrieb war in ihm stark geworden, hatte sich aber schon angekündigt im Zehnjährigen. Und sie erinnerte sich, damals zu Robert gesagt zu haben: »Mit dem kann ich noch etwas erleben«.

Aber vielleicht war's nicht schlimm und ließ sich noch mal reparieren (obwohl du deine Bedenken hast). Ihr fiel der Ausdruck »anders gelagert« aus einem Gespräch mit Kollegen von der Schule ein. Man hatte über ein neues Curriculum gesprochen, und einer hatte gesagt, in seiner Klasse sei der Quotient anders gelagert ... Merkwürdig, die Veränderung im Wortschatz der letzten zwanzig Jahre ... Fremdwörter waren besonders beliebt; das Wort ›Curriculum‹ bedeutete jetzt so etwas wie Verlauf.

Aber kein Verlauf war vorausbestimmbar, nicht mal der zweier Wochenstunden; trotzdem wurde ein Plan gemacht, der Verlauf festgelegt. Und wie verlief alles bei ihrem Sohn?
»Ich will es nicht tun, aber es wird gesagt: du mußt es tun ... und alles kommt aus einer dunklen Ecke. Dort, links unten«, sagte Uli, wußte aber nicht genau, wo diese Ecke lag.
Halt in ihm selbst. Und auch die Psychologen würden sie nicht finden. Von heilen können war sowieso keine Rede. Oder war es möglich, daß sich alles einmal ausglich? Wenn er verheiratet war? Nein, in dieser Zeit nicht. Und wer heiratete denn heute noch als junger Mensch? Nun ja, die Angepaßten auf dem Land ... Und sie merkte, wie sie herabschaute auf die Unerschütterlichen, Zu-allen-Zeiten-Gleichen. Aber die trieben die Welt vorwärts, freilich bloß nach unten; denn jetzt wartete doch der Untergang.
Dieses Untergangsgefühl war auch nur eine modische Tendenz. Laune des Zeitgeistes, sozusagen. Und bist du dazu ausersehen, den Zeitgeist zurechtzuweisen? Berufen fühlst du dich zu so was nicht. Und sie hatte das Gefühl, als wäre sie noch immer dort, wohin sie ihre Eltern gelenkt hatten, obwohl nur eine Hand und ein Fuß dort drüben bei den Eltern steckten, ihr Leib aber ausgedehnt war in eine andere Richtung, sozusagen, hingezogen wie aus Gummi ins Kahle und Düstere und eingeklemmt den Kopf zwischen Betonkanten. Der Robert aber hält sich aus allem heraus, und das nimmst du ihm übel. Hättest ihn gern auch so ratlos, wie du selber bist.

Ihr Sohn ging zu ihr in die Schule. Der schrie im Unterricht: »Mamma!« als wäre er bei ihr zu Hause. Das Fach, das sie lehrte, war ein Nebenfach und »zählte« nicht; das Zeugnis wurde von den Noten, die sie gab, nicht beeinflußt. Oder war eine Kunsterzieherin eine Persönlichkeit, von der so etwas wie Versetzung abhing? Niemals. Deshalb war es auch leicht für sie, die Kinder sich austoben zu lassen. Die hätten jedenfalls bei ihr im Unterricht johlen dürfen, blieben aber manierlich, was ihr seltsam vorkam. – »Die Frau Ritter ist ein Mensch!« hatte sie im Vorbeigehen auf dem Schulhof sagen hören, der so seltsam in Kunst erstarrt und wie überwacht von den breiten Fenstern der niederen Schulbauten aussah. Zwar hatte man nun Platz, in den Schulzimmern war's vielleicht ein wenig heller als in früheren Zeiten, aber trotzdem kam sich jeder beobachtet vor, wahrscheinlich weil er zuviel Freiheit hatte. In einer alten Stadt mit schmalen Gassen fühlte sich niemand eingeengt.

Da hatte sie jetzt also diesen Paul, einen Medizinstudenten. Daß sich dies ergeben hatte, erschien ihr immer noch wie etwas, was zwar nahe war, aber sich verflüchtigen würde bei einer falschen Bewegung; weshalb sie sich im Inneren bewegte, als gälte es, eine Flaumfeder nicht von ihrem Platz hinwegzuhauchen.

Da war sie also über vierzig, und der Student blieb immer noch bei ihr. Es schien, als wollte der nichts anderes. Sie hörte ihn sagen, ein ganz klein bißchen prüde sei sie schon. Erinnerte sich auch, Robert davon erzählt zu haben und wie sie dabei gelächelt hatte, weil sie in solchen Augenblicken – wenn sie etwas Intimes zu erzählen wagte – das Gefühl streifte, als sähe sie sich selber zu. Drum wußte sie von ihrem wahrscheinlich verlegenen Lächeln.

Ein Freund oder Geliebter, der fast zwanzig Jahre jünger war: das mußte sie sich immer wieder sagen und sich dabei wundern.

Da kam also Paul von München hergefahren, und dann lernten sie zusammen aus dem Atlas Anatomie. Das gehörte zum Samstag. Nachmittags machten sie ein Fährtle, und Paul fuhr manchmal waghalsig, aber dann war er auch wieder brav. Robert war auch dabei. Und es wirkte auf Lore beinahe berauschend, wenn man einen Weg am Dorfrand rasch hinauffuhr und das Auto sich anschmiegend in die Kurve legte, so daß Lore das Gefühl hatte, ihr Wesen fließe zusammen mit dem des Jungen und reinige ihr Blut. Das war nur für einen Moment.

Dann das ausgestorbene Dorf. Niemand war auf der Straße. Aus den Häusern drang manchmal Gebrüll oder Gejohle, weil ein Länderspiel im Fernsehen gesendet wurde.

Robert zwängte sich ein bißchen mühsam aus dem engen Auto, weil er einen Weg gehen wollte, neben dem ein Bach lief. Dort ging sie dann mit Paul hinter Robert, der die hohen dunklen Brennesseln neben der Eisenstange ansah, die den Bach begrenzte. Zwei alte Leute und ein Kind mit blondem Zopf saßen auf einer Bank vor einem einstöckigen Häuschen.

Die schauten fast verlegen drein, lächelten auch ein bißchen; nur das Kind blieb ernst. Und es war nahe daran, daß sie mit den Leuten geredet hätte, doch ergab sich's nicht.

»Beinahe wären wir zusammengekommen mit denen«, sagte hernach Robert, als sie am Bach standen, der schäumte, weil er schmutzig war. Zwei rostige Eisenträger waren über den Bach gelegt, und Paul ging tänzelnden Schritts hinüber. Lore wollte es ihm gleichtun, dann aber wagte sie nur langsam einen Fuß vor den anderen zu setzen. Sie wackelte, blieb stehen, mitten überm Wasser, schwankte; doch dann schaffte sie es auch.

»Muß ich hinüber?« fragte Robert, und Paul sagte: »Natürlich nicht.« Wie Robert dastand mit seinem geschärften

Gesicht, brünett und neben den Schläfen noch schwarzhaarig.
Später saßen sie dann wieder in dem eleganten Gasthof, der früher eine Mühle gewesen war, jetzt aber chic ausschaute. Wagenräder hingen an der Wand, und ein breites Blumenfenster erinnerte an ein Gewächshaus. Und während Paul neben ihr saß und das Licht hereinfiel, strich sie ihm übers Gesicht. Dabei kam es ihr vor, als habe Robert nichts davon bemerkt, denn der war wieder einmal weggesunken; sie wußte aber nicht, ob sie sich täuschte. Und wie es sich verhielt mit ihrer Zärtlichkeit für Paul, das konnte Robert nicht ergründen. Es ging ihn schließlich auch nichts an. Vor ihm brauchst du dich niemals zu rechtfertigen. Auch hast du das Gefühl, als würde der am liebsten jetzt weggehen, weil's ihm peinlich war, neben Paul und ihr zu sitzen. Und sie spürte, wie sich Paul jetzt danach sehnte, mit ihr allein zu sein (deshalb ist er vorhin auch so schnell gefahren).
»Ich muß jetzt heim. Ich will Platten auflegen und Beethoven hören. Der reißt mich immer von mir selber weg«, sagte sie, und Robert nickte.

»Ich fürchte mich vor dem Winter, vor der Kälte und vor der Einsamkeit«, hatte sie früher einmal zu Robert gesagt, und er hatte damals auch so abwesend genickt, als dächte er: das ist ihr Zwiespalt ... Sie wußte, daß sie nicht allein sein konnte, während Robert nicht ohne Alleinsein leben wollte. Du bekommst es zu spüren, daß du immer an den Falschen gerätst, nur bei Paul war es zum ersten Mal anders (da nimmst du dich zusammen, weil er soviel jünger ist). Der wollte jetzt eine Mutter haben, weil er nie eine gehabt hatte, sozusagen. Seine war doch immer anderswo herumgeschlüpft. Und ihren Mann hatte sie sozusagen

weggeschoben, wenn nicht weggeschmissen. Schlimm mußte es bei Paul zu Hause zugegangen sein.
Nun, der hatte seine Medizin. Kein Wunder, daß er mit der Studienstiftung studieren durfte. Und dieses Studium, das war seine Mauer gegen die Zwietracht im Elternhaus. Lore sah Paul von der Seite an, den mit dem dichten Bart und den gesunden Zähnen. Daß er bei dir bleiben wird, das glaubst du nicht.

6

Robert wollte in die Stadt gehen, um herumzubummeln, und er sagte dies zu seiner Schwester.

»Aha«, erwiderte Ottilie, »der Herr flaniert. Schöpferische Pause, wie? Und da besucht er dann zum Schmusen eine seiner schönen Damen ... Ja, geh nur. Ich beneide dich nicht.«

Seine rauhbeinige Schwester war wieder einmal gut. Er lächelte ihr zu und sagte, während er in seinen hellen Überzieher schlüpfte: »Du durchschaust mich halt. Hast eine Spürnase für Seitensprünge.« Und er winkte ihr, während er die Treppe abwärts ging, Ottilie hinter ihm ärgerlich schnaubte und die Glastür klirrend ins Schloß fallen ließ. Ironie war ihr zuwider. Immerhin spürte sie seine Ironie. Und Robert dachte an Lore und ihren Sohn Uli, den labilen, von dem er glaubte, eines Tages werde er sich in die Hand bekommen, und sein klarer, wenn nicht kalter Verstand ihm weiterhelfen. Allerdings schlug bei ihm die Kälte immer wieder ins Gegenteil um, und er wurde weggeschwemmt von seinen Emotionen. Ein bißchen bedenklich, zweifellos, und wenn er nur nicht umkippte ins Schizophrene. Lore redete nur selten über ihren Sohn, und du bist froh darüber. Von ihrer Bandscheibenoperation aber hatte sie genau berichtet und wie sie hernach »in Kur gegangen« war, im Kurhotel fröhliche Menschen angetroffen hatte, freilich meistens solche, die des Amüsements auf Versicherungskosten wegen dort geweilt und, falls ihnen der Weingenuß verboten worden war, jeden Tag eine Flasche eingeschmuggelt hatten. Immerhin war Lore von dort munteren Sinnes zurückgekommen. – »Die andern haben sich durcheinandergemischt, während ich zugeschaut habe. Dies ist mir

leicht gefallen, weil Paul über Sonntag immer hergekommen ist«, sagte sie und lächelte über sich. Wenigstens konnte man es so ausdeuten. Und sie berichtete von einem Abschiedsfest, wo sie im Badeanzug auf einem Fahrrad gefahren war (»Radfahren ist heilsam nach einem Bandscheibenvorfall«) und Paul erschrocken sei, weil sie plötzlich einen Blutflekken am Rücken gehabt habe, doch war's dann eine zerquetschte Kirsche gewesen. Und Robert dachte an ihre Wohnung, deren Küche blitzend sauber und bis in jeden Winkel aufgeräumt war wie Schlafzimmer und Klosett, während die Wohnstube rechtschaffen chaotisch wirkte.
Er überlegte, ob es stimmte, wenn er meinte, heutzutage sei den Menschen das am wichtigsten, was mit Animalischem in Verbindung stand, während alles andere gewissermaßen nebenherlief. Und dies zeigte sich auch in der Art des Wohnens. Aber lassen wir's beiseite.
Jetzt bist du froh, daß du nicht zu Lore fahren (oder gehen) mußt. Wenn deine Schwester wüßte, wie es dir, Lore betreffend, zumute ist, würde sie sich wundern und behaupten, ihr Bruder sei anomal veranlagt, denn bei einer wie der Lore gehöre es sich doch, daß er als Mann wie ein Gockel um sie herumhopfe. Und er hörte das herbe Organ seiner Schwester, die in mundgerechtem Schwäbisch »hopfen« statt »hüpfen« sagte.
Ein spezieller »Freund« von ihr war Stiefelhagen (auf den ist sie genauso eifersüchtig wie auf Lore). Und daß Robert nichts mehr mit Livia haben sollte, das fand sie lachhaft. – »Da machst du mir nichts weis! Wenn du schon eingeladen wirst in ihre Villa! Und sie ist da, während du da bist, und ihr Mann ist fort! Na also.« Und sie pflegte hinzuzufügen, er sei genauso ein Saubär wie sein Freund Stiefelhagen, der immerzu ein anderes Weib haben müsse.
»Was du nicht sagst«, entgegnete Robert und fügte hinzu: »Mir ist doch der Bayerische Wald lieber als Rom, weil's

dort ehrlich zugeht.« Ottilie aber schmähte diese Gegend als düster, hinterwäldlerisch und heidnisch.

Nun, Stiefelhagen war ein munterer Geselle und alles andere als ein Saubär; auch konnte die Oberpfalz kaum als Sündenpfuhl bezeichnet werden. Und er sah sich im Wald gehen, wo Gras auf den Wegen hoch stand, neben warmen Lichtungen ein Fels aufragte und Himbeeren im September reiften. In der Augusthitze einen bachkühlen Pfad, der eine Schlucht durchlief, abwärts zu gehen unter dichten Eichenkronen, zwischen denen ab und an ein blauer Himmelsflecken hereinschaute, als würden das Steile und das Kühle und das schrundig Dunkle von einem Aufblick in blaue Höhe überwunden: Das lohnte sich jedenfalls. Und er wünschte sich, im abgelegensten Wälderwinkel, den man sich denken konnte, für immer zu Haus zu sein.

Robert dachte an Ottilie, seine rauhbeinige Schwester, sagte zu sich selber: Da weißt du, was du hast und wie sie ist (eigentlich komisch). Wärst du aber allein, so wär' es auch nichts; denn seine Schwester kochte, wusch die Wäsche und hielt die Leute von ihm ab (aus Eifersucht). Wenn sie wüßte, wie froh du bist, daß sie dies tut, ließe sie jedermann zu dir herein (und du kämst nicht mehr zu dir selber).

Wie Stiefelhagen früher gelebt hatte, als er als Zeichenlehrer wirkte: du hast es noch im Kopf, machst dir ein Bild von ihm. Sorglos und kräftig, als bekümmerte ihn wenig, so hatte er sich dargeboten, und Ottilie hatte alles geglaubt, was er sagte, ohne dahinterzuschauen.

Robert stand vor der Säulenhalle des Wilhelmspalais, wo früher der König gewohnt hatte. Der war Anno achtzehn vertrieben worden. Und hier hatten Matrosen dem Hauptmann der Wache den Helm heruntergerissen und ihm diesen Helm mit der Spitze nach unten auf den Kopf

gehauen; denn als Wachoffizier trug der eine sogenannte Pickelhaube mit Helmspitze. Und nun war hier die Städtische Bibliothek, wo Robert dann und wann Zeitungen las. Der Bau hatte noch seine alte Fassade und war elegant. Der Hochhausklotz drüben auf der andern Seite und die Straßenbänder zerrissen den Platz und machten ihn zu einer kahlen Wunde, die steinern schwärte, falls man so sagen durfte. Jedenfalls schien er zu zerfließen und hatte nur noch drüben das Alte Waisenhaus als Halt.
Aber du siehst weit hinaus. Die Talhänge dehnten sich im hellen Licht und waren sanft gelagert. Robert dachte: Der Sonnenschein saugt den Regen an. Da und dort blitzte ein Fenster an einem fernen Haus. Dunkelblau erschienen nun die Höhenzüge Süden zu. Das lange spitze Turmdach der Leonhardskirche zeigte in die Höhe, es rührten sich hinterm Neuen Schloß Baumwipfel zwischen Dächern, und die Anlagen dehnten sich mit ihren Blätterwölbungen dort hinaus, wo das Tal weit wurde. Der Aussichtsturm beim Burgholzhof erhob sich bei der Amerikanersiedlung. Dann weitete sich die Landschaft, wo der Neckar in eine Ebene floß, bis er sich wieder zwischen Hügeln weiterdrängte, die Robert hier nicht sehen konnte. Und er wünschte sich, wieder einmal über den steilen Weinbergen zu gehen, zwischen denen Weißdornbüsche wuchsen. Ob es heuer wieder Schlehen gab?

Ende Oktober und Anfang November wollte er am Feuerbacher Weg den Schlehenbusch besuchen, um sich von seinen Früchten den Mund gerben zu lassen, denn so gehörte es für ihn zum Spätherbst, während jetzt der Sommer angefangen hatte. Schade, daß die Kastanien abgeblüht waren, von denen noch ein paar vor dem Neuen Schloß standen. Die in der Planie jedoch hatte man längst gefällt.

Schade, daß es nichts nützte, wenn er des gewaltsamen Baumtods wegen besorgt war. Als hier die Bäume gefällt wurden, hatte man ein solches Tun für eine fortschrittliche Tat gehalten. Jetzt war so etwas eher ein Verbrechen. Merkwürdig, wie sie wechselten, diese moralischen Nützlichkeitsvorstellungen. Und weil ihn all dies quälte und unsicher machte, war er froh, als ihm ein Traum einfiel, übrigens einer von den heiteren, die selten waren.

Eine junge nackte Person hatte sich aufs Bett gelegt. Er hatte das Kopfkissen gelüftet und darunter das Wort »Postbeamtin« aufs Leintuch gedruckt gesehen. – »Ah, eine Ungestempelte!« hatte er ausgerufen, weil die Frau frisch gewesen war und er an eine postfrische Briefmarke gedacht hatte. Die Dame aber hatte sich plastisch angefühlt, nicht so briefmarkenflach, und nun wunderte er sich, daß er in seinem Alter solch eine Geschichte träumte.

Immerhin, es zeugte von einer gewissen Lebensfreude. Und Robert setzte sich hinterm Neuen Schloß unter Platanen, die um den Brunnen mit dem schwarzen Obelisken, den Goldzierraten und dem schwungvollen F des Königs Friedrich standen. Hinter Blättern war der dunkle Klotz des Landtagsgebäudes sichtbar, und, wahrscheinlich des Traumbildes der vergangenen Nacht wegen, kam ihm Stiefelhagen in den Sinn; denn vor dreißig Jahren hatte sich der in Göppingen recht munter gezeigt. Immerhin mochte er jetzt, was die Damen anging, auf Sparflamme umgeschaltet haben (sozusagen). Und Robert gedachte einer gewissen schlanken, schwarzhaarigen Person, die früher mal Sekretärin gewesen war, jetzt aber nichts mehr tat. Sie lebte bei ihrer Schwester, die einen Patentanwalt geehelicht hatte und eine Villa bewohnte, in der auch noch die Schwägerin Platz hatte; dazu die Schwiegermutter. Und Hilde wollte nicht einsehen, weshalb sie sich anstrengen sollte, wenn ihre

Schwester sagte: »Bleib ruhig da. Mein Alter hat genug Geld. Was du brauchst, zieht er von der Steuer ab.«
Stiefelhagen jedoch redete Hilde zu, doch endlich wieder mal etwas zu tun. Ihr schlaffes Herumhängen tauge nichts, weil sie beständig Grillen fange. Sie werde sehen: wenn sie wieder eingespannt sei in den Produktionsprozeß (ihr gegenüber mußte er solche Wörter benützen), verschwände auch ihr Rheumatismus; denn Hilde konnte sich zuweilen nur mühsam vom Fleck rühren, besonders wenn Stiefelhagen nicht um sie bemüht war. Doch hatte er sie nachts nach Haus begleitet, dann zeigte sie sich am anderen Tage wieder munter.
Allerdings, sie kam zu oft ins Haus, und das verdroß schließlich sogar Stiefelhagen. Auch seine Frau war mit Hilde befreundet, die ihrerseits nichts zu verheimlichen bemüht war und fragte, ob Frau Stiefelhagen etwas dagegen habe, wenn sich Alfred um sie kümmere. Frau Stiefelhagen lachte, erwiderte, o nein, das mache ihr nichts aus, weil sie längst wußte, daß ihr Alfred immer wieder zu ihr zurückfand, wahrscheinlich der Fleischtöpfe wegen oder weil er sein Haus gewohnt war; denn Ursel Stiefelhagen kannte sich aus und verachtete die Männer auch ein bißchen, obwohl sie zu sagen pflegte: »So gemein wie Frauen sind, können Männer niemals sein.« Wahrscheinlich aber hatte sie nur das Gefühl, all dies gehöre halt zum Leben.
Da kam dann Robert auch mal nach Göppingen, wo er neben Stiefelhagen durch die Altstadt schlenderte (oder was damals halt noch von der Altstadt übrig war). Dort trat dann eine schlanke Dame im dünnen hellen Kleid aus einem gelben Telephonhäuschen heraus, drehte sich zur Seite und hob den Arm empor. Das war Hilde.
Robert sah sie zum ersten Mal, und Stiefelhagen sagte: »Sieht sie nicht wie eine Wiener Aristokratin aus?« – »Vielleicht. Aber wie eine hübsche«, erwiderte Robert.

Einige Jahre später kam Robert vom Bodensee auf dem Fahrrad nach Göppingen, wo Stiefelhagen in einem neuen Haus wohnte, das marokkanisch aussah. Innen hatte es eine eiserne Wendeltreppe, die aus einem Dampfschiff zu stammen schien und in der Mitte des großen Wohnraums aufwärts führte. Wände gab es kaum, denn alle Zimmer gingen ineinander über. Sogar die Küche war nur hinter einer Art Brustwehr versteckt. Dazu breite Fenster, durch die die Sommerhitze hereinströmte und Stiefelhagens altmodische Möbel beschien, lauter dunkle, schwere Stücke mit Schnitzwerk der neunziger Jahre des vergangenen Jahrhunderts. Dies machte einen seltsamen Effekt, verstärkte allerdings die klinisch sterile Wirkung der gesamten Wohnanlage, die Stiefelhagens zierliche Gattin zu der Bemerkung veranlaßte, dies sei ein Wohn-, Schlaf- und Eßklosett.
Stiefelhagen selbst bewohnte ein Zimmer nach dem Garten, das, wie das Klosett, mit einer Tür versehen war. Als Robert dort eintrat, lag sein Freund auf der Couch unter einem mit Büchern vollgestopften Regal und telephonierte. Er winkte Robert zu, legte eine Hand auf die Sprechmuschel und flüsterte: »Es ist die Hilde«.
Robert konnte sich unter dem Namen niemand vorstellen, aber dann fiel sie ihm ein. Ach ja, die Dame aus dem Telephonhäuschen. Und er sah sie wieder vor sich mit dem kurz geschnittenen schwarzen Haar. Stiefelhagen redete liegend mit ihr, ein munterer Mann mit breitem Gesicht und struppigem Haar, heut in hellen Hosen und weißem Hemd, ohne Krawatte.
Dabei hörte Robert die bärbeißigen Worte seiner Schwester, als ob sie von weitem zu ihm herüberklängen, wunderte sich, daß sie Stiefelhagen gewissermaßen als rauhbauzigen Gesellen in Erinnerung zu haben schien, und hörte seinen Freund sagen, Hildes Verlobter habe sich hinweggeschlichen, wahrscheinlich weil ihn plötzlich das große Grausen

gepackt habe vor dieser ewig kränkelnden und launischen Person.
»Sie lädt uns beide ein. Auf dich ist sie neugierig, weil du freier Künstler bist«, erklärte Stiefelhagen und führte Robert, der sein Fahrrad mit dickem Rucksack auf dem Gepäckträger schob, wenig später an einem Waldweg entlang, der in eine sanfte Gegend führte, wo sich Gärten dehnten. Ein neues Barockpalais mit hohen Fenstern stand dort hinter einem schmiedeeisernen Tor, und gelber Kies blendete neben dem Wasserbecken eines Springsbrunnens, der lässig emporstieg und klatschte.
»Wie ein Lustschloß«, sagte Robert und deutete auf das kuriose Haus. Stiefelhagen lachte. – »Aber man kann es sich gefallen lassen«, fügte Robert schnell hinzu und wunderte sich über eine zweite Klingel, an der »Elfi Willimzich« stand. – »Das Töchterle des Hausherrn«, erklärte Stiefelhagen. »Sie hat ein eigenes Logis. Kann hereinlassen, wen sie will.« Und er beschrieb das Mädchen als eine, die, neugierig und munter, mit einem fünfzigjährigen Maler befreundet war. Die Eltern ihrer Mitschülerinnen beschwerten sich über Elfi, weil sie ihre Erlebnisse mit ihrem Freund ausplauderte. – »Die ist halt dem sein Verhältnis«, fügte er hinzu, als das Tor aufging. Robert schob sein Rad über den Kies und stellte es an eine Säule der Vorhalle. Den Rucksack nahm er mit.

Innen angenehme Kühle. Im Vestibül hingen des Kollegen farbenfreudige Gemälde in Goldrahmen. Ein schwerer Eichentisch war rund, und ein Kamin öffnete seinen Rachen. Hilde verschwand für einen Augenblick, und Stiefelhagen sagte, als sie wenig später an den Tisch zurückkam, durch die Klotür habe jemand »bäh!« herausgerufen.
Man saß nun im Salon nach Süden. Eine Fenstertüre war

geöffnet, und ihr weißer Vorhang bewegte sich im Licht. Feine Möbel einer vergangenen Zeit machten das Zimmer auch innen hell, der Stimmung wegen, die von ihnen ausging. Und Robert überlegte, wie es sich mischen mußte, das Verfeinerte und das Solide, damit so etwas wie »Kultur« entstand.

Hier stimmte alles, nur die Bilder des unbekannten Kollegen in ihren breiten Goldrahmen, die erschienen fehl am Platz. Aber das war auch nur ein Gefühl. Und Robert schaute Stiefelhagen zu, wie er mit Hilde redete. Dabei hatte er einige Falten im Gesicht, die zu verraten schienen, es störe ihn etwas an ihr. Vielleicht deshalb, weil Hilde immerzu Robert anschaute und sagte, sie wünsche sich jetzt ein kleines Zimmer in einem Landgasthof, aber nicht nur, um darin allein zu sein. Dabei dehnte sie die Arme, als wolle sie Robert an sich ziehen.

Ein bißchen komisch war's und peinlich, weil Hilde lediglich in Andeutungen sprach, ihre Blicke allerdings verstärkte, während Stiefelhagen mit den Gedanken anderswo zu sein schien, wenn sie ab und an eine Bemerkung machte und beispielsweise sagte: »Im ›Konsum‹ haben sie schönen Blumenkohl.«

Robert kam es vor, als sei sie es, die hier alles überschaue und in die Menschen hinein sah. Sie war es wohl, die als einzige sich ein Bild machte, während die andern nicht mehr an sich selber dachten, wenn sie sich gesprächsweise vermischten; denn nur, wer von sich selbst in der Entfernung bleiben konnte, der sah die andern wie auf einem lebenden Bild. Und Robert kam es vor, als würde Stiefelhagens Ärger spürbar, weil sich Robert eingefunden hatte, unangemeldet und auch noch auf dem Fahrrad. Ob er Stiefelhagens Kreise störte, ohne es zu wollen?

Dann erschien die Uralte, und ihr wandten sich alle zu. Robert wurde ihr vorgestellt, die massig vor ihm stand, in

einem dünnen, schwarzen Kleid. Ihr Gesicht war unbeweglich, nur die Augen blitzten grünlich hell, ein steinernes und kaltes Strahlen. Die sah ihn an, als wolle sie ihn unterwerfen. Und er überlegte, ob er vor ihr das Knie beugen solle. So mußte es einem Ministerialen zumute gewesen sein, der vor siebenhundert Jahren zum ersten Mal dem Kaiser begegnet war, um geprüft zu werden, ob er ihn ins Heilige Land begleiten dürfe. Der Ministeriale wollte aber nicht und tat, als ob er schlecht sehe. Griff daneben, wenn er sein Schwert wieder aufnehmen wollte, das er auf den Boden gelegt hatte.
Hildes Mutter redete mit rauher Stimme wie ein Mann, und Robert dachte: enorm, gewissermaßen. Er sah ihr runzelüberzogenes Gesicht, und es erinnerte ihn an ausgetrocknete Erde eines Wiesenpfades, der zwar rissig geworden, aber noch feucht war. Erstaunlich, ganz erstaunlich. Und ob er dies in einem Bilde herausbrachte? Ein Klumpen Erde mit Quarzsplittern, der etwas Gewalttätiges an sich hatte.

Man verabschiedete sich wenig später. Als Robert seinen alten Rucksack aufs Rad schnallte und sein feststehendes Messer, ein bayerisches Stilett mit Horngriff, aus seiner Rucksacktasche ragte, schmunzelte Stiefelhagen und sagte: »Wer nur dies von dir sieht, stellt sich den Robert anders vor, als er in Wahrheit ist.« Worauf Robert »Wahrheit?« wiederholte. Und er schwankte beim Aufsteigen, weshalb Stiefelhagen hinzufügte, das Aufsitzen scheine ihm schwerzufallen.
Kritischer Stiefelhagen ... Ganz wirst du es ihm nie recht machen können. Ob der wohl auch gerne ›Künstler‹ geworden wäre? Sehr wahrscheinlich. Dabei hätte er doch froh sein sollen, nicht ums tägliche Brot malen zu müssen. Und solch ein nettes Nebenbei-Verhältnis wie mit dieser Hilde

war auch bei ihm drin. Das ging nebenher, und seine Frau ließ ihn halt laufen. Seltsam, daß du ihn trotzdem nicht beneidest.

Es für dich behalten (du mußt den freundlichen Mann spielen). Und er dachte beim Heimfahren an Freund Stiefelhagen, erinnerte sich, daß er für den nie richtig gemalt hatte, denn Stiefelhagen war – als Zeichenlehrer – immer mit der Zeit gegangen. Jetzt hatte er's ein bißchen mühsam, weil er nicht recht wußte, was aktuell war. – »Nun ja, das Gegenstandslose natürlich«, erwiderte Robert, der immer noch seine zerbeulten Büchsen, römischen Salbenfläschchen und rostigen Schlösser malte und trotzdem leidlich damit durchkam, sogar was die Kritik betraf. Allerdings sah es, des Geldes wegen, bei ihm damals trübe aus, weil er noch nicht verheiratet gewesen war. Und er versuchte, sich in Gedanken Stiefelhagen anzugleichen, um herauszubekommen, was der über ihn dachte. – »Warum malst du dieses Gerümpel, als wär's etwas Besonderes?« fragte ihn Stiefelhagen, und Robert erwiderte schulterzuckend und indem er auf die Seite schaute: »Ach, halt so ... Weil mir nichts anderes gefällt.« – »Aber das Aktuelle, Robert! Daran mußt du denken!« ermahnte ihn sein Freund, worauf Robert zu bedenken gab: »Verfall und Rost sind immer aktuell.«

Der hielt ihn für absonderlich. Dann und wann ließ er durchblicken, daß ihm Robert ein bißchen verschlafen vorkam, was stimmen mochte, weil Robert meistens spät aufstand. Kurios jedoch kam's Robert vor, daß Stiefelhagen immer nach dem Aktuellen schielte, obwohl er es verstehen konnte, weil der andere (als Zeichenlehrer oder Kunsterzieher, wie man heutzutage sagte) seine Nase im Wind haben mußte. Tat er's nicht, so wurde er in seiner Schule als verstunkener Reaktionär gebrandmarkt.

So waren sie also beschaffen, die zeitlichen Zwänge. Hartes Los für einen Kunsterzieher, der sich zum Trost ein Häuschen in der Toskana leisten konnte, um dort seine Ferien zu verbringen. Wenn er pensioniert wurde, zog er dorthin; doch mußte er dann auch in Deutschland eine Adresse haben, sonst wurde ihm sein Geld vom Staat nicht ausbezahlt; aber die Adresse ließ sich finden. Vielleicht will er dann deine in der Olgastraße haben, und das soll dir recht sein, sozusagen.

Ja, der Stiefelhagen ... Ihr beide seid ein seltsames Gespann. Ihr empfindet füreinander Sympathie, doch immer wieder wird es kritisch zwischen euch. Da sagte Stiefelhagen beispielsweise: »Ich bin ja Lehrer ... Ich muß es zugeben. Ich bin's halt«, als wolle er sich vor Robert entschuldigen. Das hast du doch nicht nötig, dachte Robert. Stiefelhagen sollte froh sein, einen richtigen Beruf zu haben und nicht so freischwebend in der Luft hängen zu müssen wie ein Künstler; doch konnte ihm dies Robert nicht klarmachen. Schließlich durfte sich der andere glücklich schätzen, daß er unter den Menschen etwas galt. Und wenn ihn Robert fragte, wie er mit den jungen Menschen zurechtkomme, sagte er: »Mit denen arrangier' ich mich. Und sie arrangieren sich mit mir.« Wenn einer die Füße auf den Tisch legte, sagte er zu ihm: »Ist dir's langweilig? Kann's verstehen. Was glaubt ihr, wie mir's gegraust hat, heut wieder in die Schul' zu müssen! Wär' lieber in den Wald gegangen.« Und nach einer Weile nahm der schlankelige Bursche die Füße von dem Tisch.

Einmal randalierte eine Oberklasse erstaunlich wild, und eigentlich gefiel's ihm. Stiefelhagen schaute zu. Einer machte immer wieder die Tür auf und haute sie so zu, daß sie einen Riß bekam. Stiefelhagen sah dies an und sagte: »Au net schlecht.« Dann merkte er, daß nichts sie besänftigen konnte, und er holte seine Badehose, hob sie hoch und sagte: »Danke schön, daß ihr mir's leicht macht« und ging weg. Freilich nur aufs Klo, wo er ein bißchen Zeit verstreichen ließ und im Kabinett hörte, wie zwei sich unterhielten: »Da sind wir zu weit gegangen. Und wir gönnen es dem Stiefelhagen nicht, daß er sich in die Sonne legt.« – »Ja, eine Gemeinheit von ihm, die Klasse einfach dahocken zu lassen.« – »Den regen wir nicht auf. Das ist es halt. Der war ja auch im Krieg ...«

Er wartete, bis sie weg waren, ging in den Zeichensaal zurück, sagte: »Laßt euch nicht stören, ich habe nur Seife und Handtuch vergessen.« Darauf die Schüler: »Daß Sie uns allein lassen, ist gemein.«

Also blieb er da, und es wurde eine vergnügliche Stunde. – »Weißt du, das ist halt so mein Temperament«, sagte er zu Robert, der ihn wissen ließ, seinen Schülern lasse er alles durchgehen, mit ihm aber sei er nie zufrieden. – »Das muß doch sein. Sonst gibt es kein Gespräch«, erwiderte Stiefelhagen, und Robert dachte, eigentlich habe er recht. Allerdings kritisierte Stiefelhagen seine Kollegen nie; denen glich er sich an, die ließ er gelten, wahrscheinlich, weil er sich ihnen überlegen fühlte.

Dir gegenüber schwankt sein Urteil, und das ist fast ein bißchen komisch. Der meint, du wolltest zugedeckt werden mit Lobeszöpfen. Und Stiefelhagen kann bei dir nichts erben, also legt er los, wie's ihm zumut ist. Das tat der, weil er dachte: Der Robert kann dir nicht schaden, also reibst du ihm deinen Ärger, deine Kritik hin.

Du tust, als ob du es nicht merktest. Auch ganz schön. In Stiefelhagens Worten waren Widerhaken drin. Also handelte es sich wahrscheinlich um ein sogenanntes Spannungsverhältnis. Erst, wenn dir einer dumm kommt, merkst du, wie du bist. Freilich, schmerzhaft ist es schon. Deshalb wichest du ihm lieber aus, sagst aber zu dir: hiergeblieben, zugehört. Das Hämische hinnehmen.

Es war natürlich all dies töricht oder überflüssig, aber sie gehörten halt dazu, diese sorgfältig verdeckten Abneigungen oder Angriffslüsternheiten. Und Robert dachte: merkwürdig, daß du den Stiefelhagen nicht anders machen willst, als er ist.

Der war zweifellos geselliger als Robert, der in sich hineinschauen mußte, um etwas malen zu können. Und ärgern willst du dich möglichst selten, weshalb du gerne ausweichst oder dem anderen recht gibst. Und er erinnerte sich der gemeinsamen Studienjahre mit Herrn Stiefelhagen, dem so gut wie alles fremd oder zuwider war, was Robert gefiel; beispielsweise die Impressionisten. – »Ach was, dieses verfeinerte Gemache! So sind doch die niemals gewesen. Dem Klimt seine Damen sehen aus, als hätten sie allesamt das Nervensanatorium entweder vor sich oder hinter sich. Und der Manet: dieser Kalte, Reservierte, Distanzierte ...« Stiefelhagen zog die Nase hoch. »Wir brauchen doch keine Valeurs mehr. Wir wollen wissen, wie es wirklich ist!« Und er warf eine Schublade zu.

Seltsam, daß er sich ein Haus in der milden Toskana erworben hatte, während Robert in der Oberpfalz oder im Bayerischen Wald Urlaub machte, wo er meistens eingeregnet wurde. Hernach pflegte er Stiefelhagen zu erzählen, wie er dort in der Nacht Stimmen und Plätschern gehört und gedacht hatte: sapperlot, der uriniert aber lang. Doch war's dann der Regen gewesen.

»Bei uns hat's nicht geregnet«, sagte Stiefelhagen nebenbei und lächelte. Manchmal aber war dort hinten auch das Wetter hell, während es in Italien regnete, und dann lächelte Robert. Stiefelhagen aber sagte: »Ja, ich weiß, daß bei euch das Wetter schön war.« Und nun schämte sich Robert, wie Stiefelhagen es sich wünschte.

Wechselbeziehungen also. Eigentlich war's schade, daß man sich nie ganz verstand. Und Robert dachte, widerstreitende

Gefühle ähnelten Farben, weil jede Farbe eine jeweils andere Rauheit war, auf der sich das Licht verschieden brach. Weshalb also Gefühle, Empfindungen zu den Brechungen des Lichts gehörten, und das Licht alles aus der Erde hervorlockte, zusammen mit dem Wasser und der Luft. Und Robert dachte, die Einheit der Elemente sei in seiner mit Farbe getränkten Pinselspitze immer gegenwärtig. Und er lächelte ein bißchen, weil er philosophisch gestimmt war.

Viel später erhielt er einen Brief. Allmählich hatten sich Jahre verflüchtigt, seit er Stiefelhagen gesehen hatte; denn in der letzten Zeit waren sie einander ferngerückt. Sie konnten sich ja auch nicht immer wieder sehen, weil Stiefelhagen in Göppingen als Lehrer wirkte und in den Ferien nach Italien entwich; denn Stiefelhagen brauchte zwischendurch ein »Reisle«, um sich, in der Ferne schweifend, aufzufrischen, nachdem er eingespannt gewesen war ins Schulgeschäft. Robert jedoch, den Stiefelhagen »introvertiert« zu nennen liebte, haftete am Boden Süddeutschlands, obwohl er durch seine Bilder in abgelegene Bezirke kommen wollte, wo vieles noch von früher gleichgeblieben war, als wäre dort die Zeit in grau verwitternden Heustadeln und einzelstehenden Gehöften stillgestanden. Aber es näherte sich alles Vehemente auch den Dörfern.

Richtig, die Barockvilla von 1950. Und er sah Bilder in dicken Goldrahmen die Diele zieren, einen Springbrunnen emportänzeln und Hildes uralte Mutter mit dem herrischen Gesicht ins Zimmer kommen, erinnerte sich an den Separateingang der Tochter des Herrn Patentanwaltes oder Industriekaufmannes, der Hildes Schwester geheiratet hatte und sowohl seine uralte Schwiegermutter als auch seine Schwägerin bei sich wohnen ließ. Und diese Hilde war es, die Robert geschrieben hatte.

Sie wünschte sich, daß er zu ihr komme. Sie müsse mit ihm reden, könne aber, ihres Leidens wegen, nicht das Haus verlassen, weshalb er sie besuchen solle, bitte schön ... Und zwar mit dem Eilzug, der 15.19 Uhr in Göppingen halte.
Er sagte zu und schrieb auch Stiefelhagen, daß er zu ihm hineinschauen könne, wenn's erwünscht sei. – »Fürchten Sie nichts, lieber Herr Roß«, schrieb Hilde, und also fuhr er zu ihr.
Das Tor der Villa öffnete sich, doch war der Springbrunnen eingemummt in Stroh. Und Hilde, sichtlich ergraut, kam in der dämmerigen Diele auf ihn zu und stützte sich, wohl ihres rheumatischen Leidens wegen, auf die Lehnen der Stühle beim Kamin. Sie lächelte und sagte: »Erkennen Sie mich noch? Ich habe immerzu an Sie gedacht. Und jetzt sehe ich Ihre Hände wieder ... Würden Sie mich, bitte, stützen.«
Robert bemühte sich um sie, die ihn in einen halbdunklen Gang führte; der erinnerte an Krankenhäuser. Hilde bewohnte hier ein Zimmer mit weißem Eisenbett. Eine Flasche Mineralwasser und Salzletten in einem Becher standen bereit. Sie deutete darauf, er setzte sich, und sie erklärte ihm, daß sie nichts besitze und ihm nichts anderes anbieten könne. Was sie von ihm wollte, verriet sie nicht, schaute aber seine Hände an, die sie als schön bezeichnete (er schob sie in die Taschen). Dann nannte sie den Namen Stiefelhagen. Dem könne sie nicht verzeihen, dem vergesse sie sein schändliches Verhalten nie, sagte sie, und Robert war nahe daran zu fragen, um was es sich denn handele, schwieg aber.
Sie holte dann ein dickes Buch herbei, das einem Lexikon glich. An die tausend Seiten hatte sie mit Stenographie gefüllt und suchte nun ihre Notizen aus dem Jahre 52. Fand dieselben, konnte sie aber nur mühsam entziffern, weil sie sich seit langem nicht mehr in der Kurzschrift geübt hatte.

Las aber dann die Sätze vor: »Ich ging mit Ursel« – so hieß Stiefelhagens Frau – »hinter der Kirche durch eine enge Gasse und erzählte ihr von meinem Leid um Alfred, der mich schnöde behandelt hat. Ich bin von ihm zurückgestoßen worden, sagte ich, und Ursel erwiderte: Leck mich am Arsch.«

Gut so, dachte Robert und wußte, daß er niemals derart deutlich mit Hilde werde reden können, obwohl ihr dies vielleicht gut getan hätte. Allerdings schien ihr das harte Wort auch aus Ursel Stiefelhagens Mund nicht nahegegangen zu sein. Und sie erzählte, Ursel habe zu ihr gesagt: »Der Robert ist ein Mensch, der sich nie für andere einsetzt.«

Die Ursel Stiefelhagen war halt selbstgerecht. Ein Mundwerk hatte die, fast so scharf wie Roberts Schwester. Allmählich wurde es ihm schwer, die Damen auseinanderzuhalten, wahrscheinlich weil er immer wieder an den Wald nahe der tschechischen Grenze denken mußte, wohin er möglichst bald ausweichen wollte.

Hilde führte ihn »zur Mutter«, die im Nebenzimmer angezogen auf dem Bett lag und ihre graugrünen Augen nach ihm drehte, als er eintrat. Sie konnte sich nur noch aufrichten, indem sie sich am »Galgen« hochzog, der vom Bettende her wie der Arm eines Krans über ihre Kissen hereinragte.

Die Alte sagte: »Laß doch den Kerl endlich weg!« und Robert dachte: das geht auf dich. Sie meinte aber Stiefelhagen, dessen Namen sie vergessen hatte. »Schofel hat er sich gegen dich benommen«, sagte sie und fuhr mit dem Arm durch die Luft.

Ihr Gesicht hatte sich nicht verändert, und ihre Falten erschienen Robert wie die Risse eines trockenen Waldweges. Vor wieviel Jahren war er ihr zum ersten Mal begegnet? Und er sah die alte Frau vor sich, wie sie damals, auf einen Krückstock gestützt, ins helle Zimmer eingetreten war. Ein dünnes schwarzes Baumwollkleid hatte sich an ihren kräfti-

gen Leib geschmiegt, und ihr weißer Unterrock durchs schwarze, weitmaschige, mit Sternchen gemusterte Kleid geschimmert, bei einer Neunzigjährigen mit faltendurchrieselter Wangenhaut (du mußt es einmal malen) recht merkwürdig.
Und er überlegte, ob es möglich wäre, den durch Maschen eines Baumwollkleides schimmernden Unterrock so darzustellen, daß die Dame darin jung und alt erschien, beides zugleich.

Später in der Diele mit den goldgerahmten Bildern, wo der Hausherr, schweigend und die Hand auf dem Mund, am schweren Eichenholztisch saß. Seine Gattin trug ein dunkles Kleid mit dünner Goldkette. Sie schaute sich den Künstlerfreund ihrer Schwester genau an, während ihre Tochter Robert mit wissendem Lächeln musterte, als dächte sie: ich kann mir vorstellen, was sich im Zimmer der Tante zwischen diesen beiden da ereignet hat.
Robert sah das feingliedrige Mädchen und seine Eltern an. Denen war's gleichgültig, was die Tochter trieb; denn die sollte ihre Freiheit haben. Wie eingeengt hatten sie selbst in ihrer Jugend leben müssen und als Belohnung für ihre Bravheit einen Krieg serviert bekommen. Deshalb durfte sich ihre Tochter amüsieren.
Für Robert wurde es dann Zeit, Stiefelhagen aufzusuchen. Er verabschiedete sich, ging am Waldrand entlang und fragte vor einem Lebensmittelladen nach der Straße, in der Stiefelhagen wohnte, als er Ursel auf dem anderen Trottoir erkannte. Er ging zu ihr hinüber, und sie sagte: »Du hast beinahe allzu freundlich mit dem Mann geredet.« Und sie lächelte.
Robert merkte, daß ihr Lächeln spöttisch wirken sollte, und tat, als ob er's übersehe. Immerhin bist du bürgerlich geklei-

det und verhältst dich so wie sich's gebührt ... Und er ging mit Ursel zum Einfamilienhaus, das sich Stiefelhagen heuer gebaut hatte.

Dort wartete er vor einem hohen Regal mit Büchern, schaute in den Band »Impressionisten« hinein, freute sich an Manets Bildern, als Stiefelhagen beweglich, elegant und feingesichtig eintrat, das dichte Haar ein bißchen struppig. Er bemerkte: »Aha, Manet hat es dir angetan, dieser kühle Macher.« Darauf Robert: »Du aber fühlst dich als ein warmherziger Menschenfreund, der mir moralisch überlegen ist, mindestens verbal.«

Schon waren sie mittendrin in einem Fachgespräch, und Robert dachte, seit ihren Jugendtagen habe sich nicht viel verändert. Immer noch trat Stiefelhagen für die moralische Wirkung der Kunst ein, obwohl er gegenstandslos malte und über seinem Sofa ein Bild hängen hatte, auf dem sich Farbflecke verdichteten, um in der Mitte hinter so etwas wie einem Gitter aufgelöst oder gesprengt zu werden. So sah es Robert, doch würden andere darin etwas ganz anderes entdecken.

»Deine Bilder sind gewichtig«, sagte Robert, deutete aufs Malwerk überm Sofa und fügte hinzu, er male immer noch seine rostigen Konservendosen. Und er lachte.

»Warum bist du hierhergekommen? Hast du bei mir etwas liegen lassen?« fragte Stiefelhagen und zog die Augenbrauen hoch.

»Ich erzähl' es gleich. Ursel bringt schon das Nachtessen«, antwortete Robert.

Es gab Spaghetti mit Saitenwürstchen. Auch Ursel wollte wissen, weshalb er hergekommen war, doch zögerte er die Antwort hinaus.

Hernach, beim Wein, von dem Stiefelhagen sagte: »Wir haben heut ein einfaches Gewächs« und der sauer aber ehrlich schmeckte, nahm Robert den Brief der Hilde aus der

Tasche und gab ihn Stiefelhagen. Der sagte wie abwesend: »Fräulein Seifert ...« Ursel reckte sich und sah Stiefelhagen über die Schulter. Als sie's gelesen hatte, fragte sie: »Und wie war's bei ihr?«

»Viel ist nicht passiert. Sie hat mir Mineralwasser und Salzletten angeboten, ein dickes Tagebuch geholt und daraus vorgelesen.«

»Ich hab' gemerkt, daß sie dich anschwärmt, und sie deshalb gebremst ... Weil's ja doch keinen Sinn hat«, sagte Stiefelhagen.

»Die Hilde ist doch deine Sache. Ausspannen will ich sie dir nicht«, bekräftigte Robert, worauf Ursel wissen wollte, was Hilde von ihr und Alfred erzählt habe.

»Daß du hinter der Kirche zu ihr gesagt hast: Leck mich am Arsch, weil sie dir vorgejammert hat, wegen Alfred sei sie total unglücklich. Und über mich hast du zu ihr gesagt: Der Robert ist ein Mensch, der sich nie für andere einsetzt.«

Schweigen, bis Alfred Stiefelhagen schrie, es sei eine Unverschämtheit, ihn und Ursel in etwas hineinzuziehen oder ihn haftbar machen zu wollen für etwas, was sich ganz von selbst entwickelt habe, herausgesprungen sei aus einer Stimmung, sozusagen.

»Ja«, besänftigte ihn Robert. »Ist schließlich auch egal.«

»Und was soll ich da machen?« fragte Stiefelhagen. Er schaute Robert mit einem wie verwischten Gesicht an.

»Da machst du am besten gar nichts.«

7

Nun ja, so war's auch recht. Ob Robert mit Stiefelhagen wieder ins Reine kam, nachdem sie sich entfremdet hatten? Lore wußte es nicht. Und eigentlich ist's dir gleichgültig, dachte sie und wunderte sich, daß ihr dies einfiel; denn Robert erzählte so gut wie nichts über sich selber. Doch wenn er etwas sagte, was ihn selbst betraf, dann blieb ihr's im Gedächtnis haften.
Einmal hatte er angedeutet, Stiefelhagen wolle ihn herausfordern, aber das gelinge dem dann nicht, weil er, Robert, merke, was der andere im Sinn habe. – »Er will mich ärgern, indem er etwas Negatives über meine Bilder sagt. Aber das macht nichts«, pflegte Robert anzumerken, wenn Lore etwas von seinen Kollegen erfahren wollte. Und ihr kam's seltsam vor, daß er mit diesem Stiefelhagen befreundet war, einem Kunsterzieher, wie man heute sagte (als ob es möglich wäre, jemand zur Kunst zu erziehen). Wahrscheinlich war Stiefelhagen ihm gerade noch erträglich, weil er ihn seit langem kannte und deshalb wußte, was er von ihm zu erwarten hatte. Halt ein bißchen gewöhnlichen Spott. Und eigentlich war es ihm peinlich, wenn über seine Bilder gesprochen wurde, weil er das Gefühl hatte, die andern wollten ihn entblößen. Freilich, es nützte ihm, daß er empfindlich war, weil er mehr als andere merkte. Die legten's aber oft drauf an, ihn zu verletzen, was für ihn zwar schmerzhaft aber auch interessant war; denn nur, wenn er sich sagte: du mußt die andern kennenlernen, kam er mit ihnen zurecht.
Ob es stimmte, was sie sich vorstellte? Ungefähr vielleicht schon. Und ihr fiel ein, wie Robert einem, der Grobes hatte verlauten lassen, »do guck naa« oder »Was Sie net saget,

sapperlot!« geantwortet hatte; denn nur so war seine Kritik beschaffen (spöttisch halt); sie äußerte sich selten anders. Und Lore hörte ihn sagen: »Manchmal muß ich den Vorschlaghammer nehmen. Leider gibt es Leute, die nur darauf reagieren.«

Gewiß, er konnte sich wehren, sagte aber: »Eigentlich lohnt sich das nicht.« Wer Roberts Bilder für langweilig oder für schlecht hielt, war vom Gegenteil nicht zu überzeugen. Außerdem hatte sich nichts verändert nach einer bösen Kritik. Oder ging er, wenn er sie gelesen hatte, nicht ebenso wie früher neben einem Zaun, durch dessen Latten weiße Windenblüten drängten?

Du gehst für dich und schaust trotzdem ins Weite.

So dachte Lore, daß es sich mit ihm verhielt, obwohl er nie darüber sprach. Die anderen warteten darauf, daß er sich verteidige, aber das mochte er nicht tun, obwohl er sagte: »Oh, eine negative Kritik verletzt schon ...« Aber das war selbstverständlich. Und Roberts Kollegen freuten sich wahrscheinlich intensiver, wenn Robert verrissen als wenn er gelobt wurde; obwohl es auch möglich war, daß es sich anders verhielt; denn Robert war kein Konkurrent, wahrscheinlich weil er jeden leben ließ. Oder tat er nur so? Jedenfalls hatte er sich in der Hand.

Wenn sie wollte, daß er über einen anderen Maler scharf urteilte, sagte er: »Der macht, was vielen gefällt. Aber das muß man auch können.«

Es war zum ärgern. Der ebnete alles ein. Oder er tat, als ob es ihm recht wäre, wenn der andere anders als er selber malte. Oder füchtete er sich? Ja, dies war auch möglich. Vielleicht aber dachte er, es lohne sich eigentlich nicht zu streiten. Schließlich wäre es darauf hinausgelaufen, daß er sich hätte verteidigen müssen. Auch eine fade G'schicht und außerdem erfolglos. Jedenfalls liebte er die Menschen. Oder ihm tat jeder leid.

Ach ja, der Robert. Du kommst aus ihm nicht draus ... Lore hätte ihn schütteln mögen, doch war er jetzt nicht da.
Du sitzt oben vor deinem breiten Fenster, und draußen liegen im Abendlicht aufgetürmte Wolken. Wie die Musik von »Biethaufen«, so sah es draußen aus. Fast eine hohe Größe, sozusagen. Und ihr Sohn Ulrich fiel ihr ein und wie der in der Sigmaringer Disko den verfremdeten »Biethaufen« vom Band hatte laufen lassen. Die hatten sich großspurig an der Neunten Symphonie vergriffen. Nun ja, so lebte die Tradition weiter ...
Du aber hast dir eingebildet, von jetzt an lebe Uli als Diskjockey weiter, bis er weißhaarig sei. Der ist doch nicht so depressiv wie du und macht immer dasselbe. Zuvor aber, zwischen zwanzig und dreißig: Was hast du da alles gemacht? Und sie zählte ihre Berufe zusammen: Empfangsdame im Hotel, Chefsekretärin (war schiefgegangen, weil der Chef sie sich als Freundin hatte kaufen wollen), Buchhalterin, Haus- und Ehefrau ... Ach ja, lass es beiseite. Und sie gab's auf, ihre Jobs in Gedanken zusammenzuklauben, erinnerte sich, daß Paul zu ihr gesagt hatte, wenn er Arzt sei, werde er für ihre Existenz aufkommen: »Dann bau' ich dir ein Haus!« Ach, der liebe Bub ... Wie der sich seine Zukunft dachte ... obwohl es dem gleichsähe, daß er wahrmachte, was er sich vorstellte. Während du zu Robert gesagt hast, man wisse doch nie genau, was man wolle ... Und ihr fiel ein, daß ihr Sohn jetzt Computerprogrammierer war, übrigens einer von den besten.
Dagegen Robert, der sein Leben lang nur gemalt hatte. Und wieder einmal machte sie sich klar, daß Robert ›Skorpion‹ war, also ein Wassertier wie sie, die sich zu den ›Krebsen‹ zählen durfte.

Trotzdem waren sie nur selten einer Meinung. – »Ich bin eine Linke«, pflegte Lore zu sagen und dabei den Zeigefinger hochzustrecken. Sie lächelte und überlegte, wie dies auf ihn wirkte, doch sagte Robert nur »Aha«. Wahrscheinlich fand er's komisch, daß sie sich so deutlich als »linksgerichtet«, oder wie man's nennen wollte, zu erkennen gab. Und ihr kam's vor, als dächte er, sie sei nun ebenso gesinnt wie fast alle andern Lehrer auch. Früher aber ... wie bist du damals eingestellt gewesen?

Übrigens sonderbar: dieses Wort ›eingestellt‹ ... Als ob du von der Zeitstimmung bestimmt würdest ...

Jetzt war sie halt für so etwas wie ›Freiheit‹ und daß man sich auslebte. Und sie erinnerte sich, daß Robert von seiner Schwester erzählt hatte, mit der er zurechtkommen mußte. Worauf sie erwidert hatte, das höre sich resignativ an, und Resignation sei falsch. Die wirke doch nur lähmend.

»Warum? Wenn sie dir weiterhilft, ist sie für dich das Richtige«, hatte er ihr geantwortet. Und sie hatte hinzugefügt: »Wieder einmal sind wir verschiedener Meinung.«

Ja, die Resignation ... Da fand sich Robert also mit seiner Schwester ab. Eigentlich ganz klug, wie? Oder wär's dir lieber, wenn er sich mit dir abfände? Aber das tut er doch. Wenn er's nicht täte, käme er nicht mehr zu dir. Dann fände er immer wieder eine Entschuldigung dafür, daß er verhindert sei ... Und sie dachte an den Nachmittag, als sie die beiden Schauspieler vom »Theater in der Westentasche« zu sich eingeladen hatte.

Die beiden hatten sich ›fein‹ gemacht. Und Robert war gekommen so wie immer: halt im Anorak. Nun ja, er war der Maler, von dem niemand eine Krawatte und einen gestärkten Hemdkragen erwartete. Gabriele, die Schauspielerin, sagte zu Lore: »Mein Haar ist doch abscheulich. Die Friseuse hat's mir zu kurz geschnitten.« Worauf Robert lachend sagte: »Aber das stimmt nicht. Ganz wunderbar

ist's.« Und Gabriele warf ihren braunen Haarschwanz über die Schulter und lächelte herüber.
Die war dem Robert dankbar. Schließlich ging es den Schauspielern knapp zusammen, weil der städtische Zuschuß gekürzt worden war. Und wenn da ein Maler wie Robert etwas Aufmunterndes sagte, dann tat's ihnen wohl.
Hernach kam Paul dazu, der Bärtige. Er lachte zu Robert hinüber und setzte sich unten an den Tisch. Der Paul hatte es also wieder einmal in zweieinhalb Stunden von München her geschafft, und das war viel zu schnell. Ach, was sie immer um ihn Sorge haben mußte ... Aber Schluß jetzt. Und sie freute sich, weil er da war.
Er saß am Ende des Tischs bei ihren Kolleginnen aus der Schule. Helga Kißling hatte ihr heut wieder mal ganz schnell ihre Herztabletten gegeben, als sie total erschöpft vom Dienst gekommen war. Sie hatte sich auf den Boden gelegt und laut nach ihren Tabletten gerufen, was überspannt gewesen war. Aber die andern hatten's hingenommen, weil sie gedacht hatten: die Lore ist wenigstens ehrlich.
Jetzt schämte sie sich zwar ein bißchen, aber das machte nichts. Froh bist du, weil du mit anderen zusammenwohnst. Und Robert fragte sie: »Weißt du noch, wie du einmal zu mir gesagt hast: Ich würde gerne in einer Kommune leben?«
Gewiß. Und das hier war also jetzt so etwas wie eine Kommune. Eine bürgerliche Kommune, sozusagen. Man half sich gegenseitig, es wurde reihum gekocht, und jeder oder jede achtete das Eigentum des andern. Auch war's nicht so, daß die Männer ausgewechselt wurden.
Wenn's so weit kommt, dann ziehst du aus, sagte sie zu sich und hörte den Schauspieler Gotthold sagen: »Im Repertoire haben wir die Klassiker Marie Luise Fleißer und Bert Brecht.« Dies schien Robert zu verwundern, denn er fragte: »Klassiker? Für mich sind Klassiker halt Goethe, Schiller

und so weiter, aber nur weil ich alt bin. Gelesen hab' ich freilich auch von denen wenig«, worauf alle lachten.

Wieder einmal hatte er so getan, als wär' er ungebildet, setzte sich also herab. Das mochte sie nicht. Dir geht's wider den Strich ... Und sie erinnerte sich, wie sie ihn im Auto ums Dorf herumgefahren hatte, das er als »denaturiert« bezeichnete. »Du kannst auch verscheußlicht sagen«, fügte er hinzu und wunderte sich über die Neubauten der Großdruckerei, weil sie »eigentlich ganz anständig« seien, aber nur weil man von ihnen wenig sehe. »Das ist immer gut. Bäume verdecken des Architekten Schande«, sagte er und bat sie: »Bitte, halte mal.« Dann wunderte er sich, weil hier in einem alten Haus dicht überm Boden tatsächlich noch drei romanische Rundbogenfenster erhalten geblieben waren: »Ja, so etwas! Es tut mir wohl.« Und Robert schüttelte den Kopf.
Dabei saß er hinter ihr (sie sah ihn durch den Rückspiegel). Im Auto setzte er sich niemals neben sie. Und die Distanz zu wahren oder weil er dachte, bei einem Zusammenstoß sei er hinten weniger gefährdet? Nun ja, er wollte wohl allein sein.
Sie erinnerte sich dann einer zufälligen Begegnung in der Stadt, dort an der Ecke der Markthalle am Ende der Arkaden. Sie wollte um die Ecke gehen und wäre beinahe mit ihm zusammengestoßen. Und sofort wußte sie: Der spürt jetzt, daß dir's schlecht geht ... Sie war ein bißchen allzu aufgeputzt gewesen mit engem Minirock und hochgestecktem Haar, das über den Schläfen zurückgekämmt und scharf gestrafft war, damit sich ihre Augenfältchen glätteten. Dazu aufgeklebte Wimpern, zuviel Schminke, und dies hatte ihn überrascht (sie sah's an seinen Augen, die vergrößert schienen). Und er fragte, ob sie mit ihm ins Café gehen wolle,

aber das ging nicht. Sie hatte doch einen Treff mit ihrem geschiedenen Mann (das Wort ›Treff‹ gehört zum Jargon der Spione). Keine gute Sache, nur zog es sie halt immer wieder zu dem hin, der ihr nur Szenen machte. Wer aber wußte über sich Bescheid und kannte sich im Empfindungsnetz aus, dessen Fäden unsichtbar blieben und das trotzdem mächtig zog, auch wenn du dich dagegen wehrst? Und eigentlich hättest du das mit deinem Mann endgültig ausmerzen sollen, sozusagen ... Wenigstens hatte er jetzt endlich die Anzüge abgeholt, die er lange genug bei ihr im Schrank hängen gehabt hatte. Robert aber merkte, wie es sich mit ihr verhielt. Genau Bescheid wissen, wie's zwischen ihr und ihrem geschiedenen Mann gewesen war, das hatte er nicht können, aber er spürte den ›Wiegel-Wagel‹, wie sie für sich den nachgiebigen oder bodenlosen, den schwankenden Gemütszustand nannte, der sie oft heimsuchte und so gut wie verzweifelt machte (aber vielleicht war dies ein zu starkes Wort). Und sie hatte das Gefühl, als schaute ihr Robert zu, der zu ihr gesagt hatte: »Weißt du, wenn ich mich selbst nicht ganz ernst nehme, geht's mir besser.«
Nun, Robert hatte sein Malgeschäft. Das half ihm drüber weg. Der bohrte sich hinein ins Bild auf seiner wackeligen Feldstaffelei, die er als Student gekauft hatte (ein gebrauchtes Stück). So etwas wie das mit der gebrauchten Staffelei, das erzählte er, aber daß er ihr einmal berichtet hätte, wie es in ihm aussah, das kam nie in Frage. Wahrscheinlich könntest du's in seinen Bildern finden, wenn du den Blick dafür hättest. Wer aber hatte schon den Blick, um hineinzuschauen in andere Menschen? Vielleicht ein Seelenforscher.
Aber Schluß mit derlei Allfanzereien. Auch dieses Wort hatte sie vom Robert wie den ›Wiegel-Wagel‹. Und den Wiegel-Wagel hatte der aus einer österreichischen Novelle. Und alles hing zusammen, ach du liebe Zeit ... Das Düstere aber spürte Robert bei ihr sofort. Als wär' es ein

Geruch. Der merkte gleich, wenn sie abweisend war, nicht wollte, daß er ihr nahekam durch eine Frage. Dann wünschte sie auch keine Zärtlichkeit, der er sowieso auswich, was sie dann wieder bedauerte oder vermißte. Wie er sich in einem solchen inneren Zustand, der sie niederdrückte, hätte verhalten sollen, das wußte sie freilich auch nicht. Also gut, dann mache ich's wieder falsch, mochte er zu sich selbst sagen. Und ihr fiel die Dämmerung ein, die nach einem Besuch im Mineralbad über den Rosensteinpark sich hereingeschlichen hatte (im Oktober mußte das gewesen sein, freilich auch schon lange her).

Robert war in der Allee beim Bahndamm auf sie zugekommen. Sie wollte ihm jetzt nicht begegnen, weil sie dachte: der spürt, was mit dir los ist ... Und dann war er an ihr vorbeigegangen. Ob er sie gesehen hatte, das wußte sie nicht. Sie aber war ihm nachgegangen und hatte ihn am Ärmel gezupft.

Da war er überrascht gewesen, sie aber hatte gedacht: die Überraschung hat er nur gespielt. Und er ging mit ihr weiter, redete kein Wort, weil sie jetzt auch nichts sagte, aber sie gab ihm ihren Autoschlüssel. Weshalb sie's tat, das hätte sie nicht sagen können, doch kam's ihr vor, als ob er's wüßte. Der dachte wohl: jetzt hat sie das Gefühl, als habe sie sich nicht mehr in der Hand. Am liebsten würde sie mit dem Auto gegen einen Baum fahren ... Warum sie's dachte (dies hast du tatsächlich gedacht), das konnte er nicht wissen. Und er brauchte es auch nicht zu wissen. Der Autoschlüssel war bei ihm in guten Händen.

Sie gingen ins Wirtshaus, das nicht viel mehr war als eine Baracke. Dort sagte er zu ihr: »Du weißt, daß ich nicht fahren kann.« Und sie: »Deshalb.« Er aber hatte vor sich hingeschaut und von einem grünen Parfümfläschchen der Römerzeit erzählt, das er malen wollte. Das hat dich gestärkt, gereinigt ... Sehr merkwürdig.

In einem kleinen Tal war er einmal aus dem Wald gekommen und hatte überm Knie ein blutverschmiertes Loch in seiner Samthose gehabt (das ist in deiner verheirateten Zeit gewesen). Sie war bei ihrem ›Admiral‹-Auto gestanden und hatte auf ihren Mann gewartet. – »Er ist drüben in der Wirtschaft und holt sich Zigaretten«, hatte sie gesagt. An einem alten Brunnen mit gußeisernem Hebel hatte sich Robert seine Kniewunde auswaschen wollen, aber der Hebel war festgeschraubt gewesen. Nur noch zur Zierde stand der alte Brunnen da.
Dann war ihr Mann aus dem Wirtshaus gekommen, und sie hatte gesagt: »Das ist er jetzt.« – »Ach so«, hatte Robert erwidert und war weggegangen.
Oder in der Oper.
Die Musiker hatten schon zu spielen angefangen, da war sie gerade noch hereingeschlüpft. Ein langjähriger Freund hatte sie in der Sitzreihe erwartet, und ihr Platz war neben Robert frei gewesen. Da hatte sie rasch den Platz mit ihrem Freund getauscht. Und in der Pause bist du mit deinem Freund ins Freie ausgewichen. Dem wolltest du den Robert nicht vorstellen. Robert gehörte für sie in eine andere Sphäre als derlei Geschäftsleute wie ihr Freund. Aber vielleicht hätte der dem Robert ein Bild abgekauft ... Unwahrscheinlich.

Dann war noch etwas Seltsames passiert. Auch daran mußte sie jetzt denken.
Sie waren im Kino gewesen und hatten sich einen alten Film angesehen; wahrscheinlich war darin die Greta Garbo aufgetreten, doch wußte sie's jetzt nicht mehr. Aber die Sache mit dem Damenschuh wußte sie noch genau. Zuvor hatte sie sich mit ihrem Mann gestritten. Der war ihr widerlich in seiner Gier nach Sexuellem, und sie hatte Robert angerufen. Ob er mit ihr ins Kino gehen wolle, hatte sie ihn gefragt. Mit

dem kannst du etwas anschauen, was dich hinweghebt, sozusagen; der belästigt dich nicht, hatte sie gedacht, und so war es dann auch gewesen. Weil er neben ihr gesessen war im Dunkeln und sie manchmal, ohne daß er's merkte, sein Gesicht von der Seite angesehen und gedacht hatte: der hat einen Römerkopf mit seinem kurzen Haar ... war etwas dagewesen, etwas Ungreifbares, ein helles Gefühl. Nichts hatte sich hineingemischt von unten.

Und hernach, draußen in der Straße, die schwarz und naß glänzte, stand ein Damenschuh auf dem Randstein. Sie hatte ins Auto einsteigen wollen und den Damenschuh gesehen. Den hatte sie gleich mitgenommen, doch Robert hatte nichts bemerkt, und das war gut. Jetzt stand der Damenschuh auf ihrem Schreibtisch, und sie legte manchmal Wechselgeld hinein. Komisch sah er aus, der Schuh mit dem ein bißchen schiefen Absatz. Und wahrscheinlich merkwürdig ... Warum? Weil der halt ein alter Schuh war und trotzdem anders, aber nur für sie. Robert hätte ihn malen sollen. Der hätte mit Farben das herausgebracht, was für sie in dem Schuh war. Nicht das Wechselgeld, aber die Gefühlsmischung, daß sie durch Schmutz gegangen und Helligkeit gefunden hatte, nicht nur draußen an der Kinoleinwand, sondern in sich selber. Und alles durch den Robert, damals an dem Kinoabend, von dem der alte Damenschuh erzählte, allerdings nur ihr.

Gut so. Sag's niemand, auch dem Robert nicht. Für alle andern ist's bloß kurios. »Die Lore hat einen alten Schuh auf ihrem Schreibtisch stehen, voll mit Wechselgeld«, sagten die. Und ihr Sohn leerte den Schuh immer aus, wenn er hierherkam.

8

Robert dachte an andere Frauen, die er gekannt hatte.
Sich in der Hand zu behalten, darauf war es seiner Mutter angekommen, und er hatte nie bemerkt, daß ihr dies nicht gelungen wäre. Ihm selber aber näherten sich solche, die nicht immer für sich selbst einstehen konnten. Und er dachte an Lore, die gesagt hatte »Oft weiß man selber auch nicht, was man will«; denn sie war eine, die sich selber beobachtete.
Trotzdem war's zuweilen so, als drehe sich ein Wirbel in der Luft, wenn sie beiseite schaute, und sie wurde dann hineingedreht, auch wenn's ihr widerwärtig war. Oder jene andere, die ihm wie eine Somnambule vorkam und der Unordnung zuwider war, obwohl es bei ihr immer unordentlich aussah. Sie ging steif aufgerichtet und mit verwischten hellen Augen, hatte mal eine Beschäftigung als Sekretärin, dann wieder als Autowäscherin. – »Was für Menschen an mich hingeraten ... « sagte sie und wunderte sich, weil es beispielsweise ein Barmixer war, der mit der Kasse durchging (in die Schweiz). »Und wenn der so geht, am Staketenzaun entlang, und läßt sein gewelltes Haar hängen ... dann denkst du: das ist eine verwöhnte Dame.« Sie lachte. Oder sie sah über Robert hinweg, an ihm vorbei, und ging mit raschen Schritten in hohen Stöckelschuhen, als würde sie auf dem Trottoir vorbeigeweht. Sie tat, als sähe sie ihn nicht. Aber vielleicht erkannte sie ihn wirklich nicht.
Er müsse etwas an sich haben, was die anzog, die es hinunterzieht, sagte er oft zu sich selber; denn ihn zog's nicht hinunter, und er merkte, wenn »es schwindelt«. Dann gehst du einen Schritt zurück. Vielleicht wirkt es sich aus, daß du dies merkst und ein Gefühl hast fürs Hinabgezogen-Wer-

den. Deshalb wußte er, wann er sich davor in acht nehmen mußte, auch wenn er es gern hatte, ihm das Schwindelgefühl sozusagen schmeichelte, während die andern dies nicht spürten. Wie es ist, weißt du jedenfalls nicht genau. Schließlich konnte man Empfindungen auch nur ungenau beschreiben; weshalb man sie lieber verschweigt. Nur sehen, was sich abspielt und gesagt wird und wie die Gegenstände, die Häuser, Mauern, Trottoirs aussehen und was für ein Licht sich zwischen sie schiebt oder auf ihnen liegt. Der Wechsel einer Stimmung konnte ja auch Handbewegungen oder einem veränderten Tonfall anzumerken sein ... Und wieder dachte er an Lore, hörte sie sagen: »Mein Sohn hat eine Meise, anders kann man's nicht ausdrücken.« Jetzt wollte er Automechaniker werden (den Computerprogrammierer hatte er aufgegeben), blieb aber von seiner Lehrstelle weg und fuhr für acht Tage nach Spanien. Später blieb er vierzehn Tage weg, doch erst am zehnten Tag hatte sie sein Verschwinden der Polizei gemeldet. Nun war sie über vierzig Jahre alt, und wenn sie mit Paul, dem Studenten der Medizin, telephonierte, schien ihr Gesicht wegzusinken, und ein Lächeln verklärte es. – »Es ist natürlich falsch von mir, daß ich mich darauf eingelassen habe, aber er war so unglücklich«, sagte sie.
Mit Paul und einer Freundin war sie auf dem Fahrrad durchs Elsaß gefahren, hatte in den Hotels »une chambre à trois« verlangt und selbdritt übernachtet. Und sie fügte hinzu, unter ihren Kollegen seien auch ein paar brave und korrekte Herren, die wie ihre Eltern lebten; erzählte von ihrer Wohngemeinschaft oder Kommune, sagte: »Es ist doch praktischer, wenn man abwechselnd sauber macht und abwäscht, als wenn das alles immer nur an einem selber hängenbleibt.«
»Vielleicht. Aber dann kannst du nie mehr allein sein und kommst nicht mehr zu einem Buch.«
»Ja, zum Lesen bin ich schon seit langer Zeit nicht mehr gekommen.«

Früher hatte sie manchmal ihr geschiedener Mann besucht, und sie hatte gesagt: »Ein schrecklicher Mensch.« Fünf Jahre war sie mit ihm verheiratet gewesen, dann hatten sie sich zum ersten Mal scheiden lassen, allerdings nur für ein halbes Jahr. Danach wieder Heirat (»es war eine stimmungsvolle Feier« hatte sie damals gesagt) und wiederum Zusammenleben. Jetzt aber, seit anderthalb Jahren, war endgültig Schluß, obwohl er sie trotzdem manchmal besuchte. – »Der setzt sich hier herein und will über Nacht bleiben ... Will immer das mit Küssen und so, weißt du. Ich will es aber nicht. Zum Glück kommt dann meistens der Paul. Mein Mann aber ärgert sich schon, wenn ich nicht gleich vom Tennisplatz weglaufe, sobald er auftaucht.« Und sie zeigte Robert den Tennisplatz, eine kleine rote Fläche nicht weit vom Hochhaus mitten im lieblichen Tal. – »Jetzt hast du auch die Stelle meiner Leidenschaft gesehen«, sagte sie und lächelte. Sie erzählte von Festen im Tennisklub, von Mitgliederversammlungen, und daß dort niemand für die Gemeinschaft etwas tun wolle. Sie habe Mühe, die Leute vom Vorstand immer wieder zu einer Initiative zu veranlassen ... Worauf sie sagte: »Wenn ich so tu', als ginge mir jede Winzigkeit auf die Nerven, kriege ich meinen geschiedenen Mann schon los. Dann geht er schnell weg. Das kann er nicht ertragen.«
Oder Robert saß mit ihr im Auto, und sie fuhr eine sanfte Strecke in die Gegend. Es regnete, wurde wieder trocken grau, und in ihrer Wohnung, droben im Hochhaus, roch es nach Dünger, mit dem die kahlen Felder einer Großgärtnerei berieselt wurden. Lore setzte sich auf den Schreibtisch und legte ihren Kopf an seine Schulter. Das war ein stillstehender Augenblick. Sie lächelte und sagte, der Psychiater habe sie wissen lassen, mit ihrem Sohn sei's kritisch, also nah am Kriminellen. Und Robert sagte, heute gehe man zum Psychiater, früher sei man zum Pfarrer gegangen, und sie gab ihm recht.

Daran dachte er, als ihr Sohn kam. Uli bückte sich in der Tür, denn er war schmal und hochgewachsen, ein Bärtiger mit langen Haarwellen, in einem grünen Anorak der amerikanischen Armee, das bleiche Gesicht schwarz umwuchert. Er setzte sich, trank und aß und erzählte von der Fabrik, wo er jetzt eine fitzelige Arbeit mache, Zusammenbasteln von Fernsehempfängern. Und er zeigte, wie die Drähte ineinander verhakt werden mußten. Dabei verschob sich sein Gesicht vor Ekel.

Es läutete. – »Jetzt kommt die Simone«, sagte Lore und machte die Glastür auf. Simone war schmal und bleich, ebenfalls im grünen Anorak. Ihr schwarzer Pullover war so kurz, daß er hochrutschte und ihren Nabel sehen ließ. Dann gingen beide ins andere Zimmer.

»Er ist ganz wild mit diesem Mädchen«, sagte Lore und bewegte die Hand neben der Tür, die sie zumachte; die jungen Leute hatten keine Zeit dafür gehabt. – »Die Simone ist weggeschickt worden von zu Hause. Mach, daß du fortkommst, hat ihr Vater zu ihr gesagt, mit sechzehn brauchst du noch keinen Freund ... Und jetzt sei's für sie, (Lore meinte sich selbst) schwierig geworden, weil sie das Mädchen bei sich aufgenommen habe. Wie aber hätte sie sich denn verhalten sollen? Ihr Sohn habe früher oft zu ihr gesagt: »Schaff dir einen Freund an. Du sollst einen Freund haben«, aber alle Männer in ihrem Alter seien entweder in festen Händen oder, wenn sie noch frei seien, irgendwie anders, weißt du ... »Es ist da irgend etwas nicht im Lot, gewissermaßen. Und woran es liegt, das weiß ich auch nicht. Und wer weiß es? Du weißt's ebensowenig, oder?«

Einer hatte eine Datenverarbeitungsmaschinenfabrik in Mannheim, und sie kannte ihn seit zwanzig Jahren. – »Unverheiratet, wie ich dir schon angedeutet habe. Übrigens derselbe, der einmal in der Oper neben dir gesessen ist, als ich zu spät gekommen bin.«

Er sah sie wieder hereinkommen, kurz bevor der Vorhang aufging. Und dann saß zwischen ihm und ihr ihr Freund, von dem sie sagte: »Gemeinsames haben wir nicht, weißt du. Ich meine jetzt den anderen und mich. Es sind keine ähnlichen Interessen da, und es schmilzt gewissermaßen nichts zusammen zwischen uns; es amalgamiert sich nichts. Während zwischen dir und mir ...«

Ja, wir finden manchmal zueinander, dachte Robert, obwohl für ihn zuerst das Alleinsein kam, das Nachdenken und Malen; also die Träume und das Festhalten der Träume in den Bildern. Gleich danach aber kamen Menschen, und warum? Vielleicht der Nerven wegen. Und er merkte, daß er nur der Empfindungen und Gefühle wegen lebte. Auch ein paar Gedanken mischten sich hinein, waren aber in der Minderzahl. Am stärksten freilich war das Licht. Jetzt war es jung, jetzt im Juni. Draußen streifte es vorbei mit seinen Schatten in gewittriger Luft. Es machte die Hügel blau, die Felder braun und gelb. Dächer erschienen stumpf im hellen Licht. Und Robert hatte ein Gefühl von Nähe neben ihr.

»Dein Zug ...« sagte sie dann, um Robert zu erinnern, daß er gehen mußte. Sie wünschte aber, daß er noch ins andre Zimmer gehe, um ihrem Sohn adieu zu sagen (das hieß heut »tschüs«). Und der Bärtige saß neben dem Mädchen auf der Couch und sagte: »Kommen Sie mal wieder.«

Beim Hinuntergehen über die Treppe sagte Robert: »Er hat mich akzeptiert«, und meinte Lores Sohn. – »Dann wär' ich froh, wenn du mir helfen könntest. Der braucht einen älteren Mann.«

Zwar lächelte sie, aber Robert hatte das Gefühl, als wäre all dies für sie schmerzhaft, obwohl sie drunten am Tennisplatz gesagt hatte, jetzt fühle sie sich ausgeglichen: Leute kennen, miteinander reden und einander helfen, aber nicht mehr ... Das sei »eigentlich schön«. Und sie bewegte den nackten Arm in der Luft, als winke sie jemand zu.

Ins Auto steigen; der Kühler hatte Regentropfen. Und sie fuhr leicht und sanft, gewissermaßen zärtlich. Sie war adrett gekleidet, obwohl Robert ein verrutschter Wollrock mit Sitzfalten und eine zu weite Strickjacke lieber gewesen wäre als diese enge gelbe Hose, die sie trug. Und er erinnerte sich an ihre Pelzmütze und wie sie gesagt hatte, jetzt habe sie auch eine Zweitfrisur, und zwar eine rötliche. Da sei einer aus ihrer Schule neben ihr an der Theaterkasse gestanden und habe sie gemustert, die Brauen zusammengezogen. Ihrer Zweitfrisur wegen habe sie der nicht oder nur halb erkannt. – »Jedenfalls ist er unsicher geworden, und mich hat's amüsiert.«

Sie fuhren dann zum Bahnhof. Zwischen Siedlungshäusern senkte sich die Straße. Violette Wolken ruhten draußen, wo das Tal weit wurde, ein erdiger Teller, dicht besetzt mit Häusersteinen, aus denen hohe Bauten herausragten, als ob es Trümmer wären.

Der Wagen hielt, die Bremsen kratzten, und der Bahnhof stand neu und wie ausgetrocknet da. Lore schob ihren Arm über den seinen, und sie gingen auf dem Bahnsteig hin und her. Man schaute ihnen nach; es schien, als ob die andern sie beneideten oder etwas vermuteten, was sie beide betraf. Liebespaarähnlich . . . dachte Robert und erinnerte sich, wie Lore erzählt hatte, in der Siedlung habe sie nicht in Shorts ans Gartentor gehen können, ohne daß die Nachbarn große Augen gemacht und wunder was gedacht hätten, obwohl gar nichts gewesen sei.

Einsteigen. Zurückfahren im Zug, wo Arbeiter dicht beisammen saßen und jedes Gesicht von Zeitungsblättern mit fetten Überschriften verdeckt war, während draußen Regen spritzte und die Scheiben sich beschlugen.

Ob jemand ihn mit ihr gesehen hatte, Arm in Arm auf dem Bahnsteig wandelnd? Und Robert stellte sich den Turnlehrer Altpeter vor, wie der, die Arme schlenkernd, zu ihm sagte: »Ja, sapperlot! Da hält der Zug auf einem Provinzbahnhof, und wie ich hinausschaue, sehe ich ein versunkenes Liebespaar. Er geht neben ihr und blickt zu Boden. Und sie ... Also, ich kann bloß sagen: Überraschend! Wer war denn das?« Und Altpeter beschrieb Lores dunkles und dichtes Haar, ihre großen Augen, ihren Leib im gelben Hosenanzug, während dünner Regen blitzte. Es hörte sich an, als wäre Herrn Altpeter eine Vision zuteil geworden.
Ja, sie war gut, die Lore, mindestens von außen. Eine glutvolle Schönheit, sozusagen ... Und Robert dachte sich aus, was andere Bekannte, Lore betreffend, äußern könnten.
Beck, der Regieassistent beim Theater war, hätte jedenfalls geschwiegen oder die Lippen geschürzt und sich einen lautlosen Luftkuß vom Mund gepflückt, um seine Bewunderung auszudrücken. Redakteur Wargel hätte hergeschaut und unter seinem Schnurrbart hätte sich ein Lächeln versteckt. Aber vielleicht wäre Lore ihm lediglich als charmante Frau erschienen; denn Doktor Wargel blieb immer ein Herr und zurückhaltend. Unter vier Augen hätte er Robert vielleicht wissen lassen: »Und so versunken sind Sie neben ihr gegangen ... Ja, da hat Altpeter recht. Sie hat zärtlich gelächelt.«
Ob einem das Schmerzhafte aufgefallen wäre und daß sie's mit sich selber schwierig hatte? Unwahrscheinlich. So etwas bemerkt man selten, auch kann sie's hinter ihrer Eleganz verstecken. – »Es verwirrt mich, ich bin jetzt nicht gut beieinander. Drei Tage, wenn ich jetzt frei hätte, wär' alles in Ordnung, aber so ... Ich heule beim nichtigsten Anlaß, und die andern wissen nicht, warum ich heule. Oder ich schreie und sehe in verwunderte Gesichter«, sagte sie am Telephon, nachdem ihr Sohn verschwunden war.

Danach kam er zu einem Textilkaufmann und durfte nach Frankfurt auf die Messe fahren, um eine Koje einzurichten. – »Es ist jetzt gut mit ihm. Das heißt, er ist jetzt, wie's normal ist«, sagte sie unter kantigen Arkaden eines neuen Hauses, wo hinter den Schaufenstern der Boden viereckige Löcher hatte, damit man in das Untergeschoß schauen konnte. Dort waren Skier und Möbel für Zeltausrüstungen zu sehen.

Sie gingen dann zusammen zu einer Betonterrasse, vor der sich der Schloßplatz dehnte; saßen an einem Tisch, auf dem ein Tablett mit Speiseresten lag. Der Kellner nahm nichts weg. Ein junger Mann, der Pfeife rauchte, setzte sich Lore und Robert gegenüber, und sie sagte: »Der hätte auch fragen können, ob hier noch frei ist.« – »Du verlangst zuviel. Hier sind wir die einzigen Alten«, sagte Robert, denn hier war ein Café für junge Leute. Orangefarbene Kunststoffstühle auf grauem Beton, hinter bräunlichen Scheiben saßen junge Menschen dicht beisammen an der Theke, und eine mit silbergrau gefärbtem Haar bewegte eine lange schmale Hand vor dem Gesicht, als griffe sie nach oben.

Lore legte farbige Aufnahmen ihrer Fahrt durchs Elsaß auf den Tisch, und Robert wunderte sich über ihre Freundin Eva, die wie eine Zwölfjährige aussah, allerdings mit wissenden Augen. Dies mochte am Bild liegen, denn Eva war einundzwanzig Jahre alt. Trotzdem nickte Lore, als Robert das mit den zwölf Jahren sagte. Robert dachte an das Reisebüro mit dem orangefarbenen Teppichboden und der schlammigen Luft, die nach Fisch gerochen hatte, denn zuvor waren sie im Reisebüro gewesen. – »Das merken die hier nicht mehr«, hatte Lore gesagt und einen Scheck mit lilafarbenen Schriftzügen unterschrieben. Sie wollte nach Schottland fahren und Paul mitnehmen.

Noch immer hatte der Kellner nichts gebracht. Gegenüber trank der junge Pfeifenraucher eine Coca-Cola. Rosa Reste einer Eisspeise klebten an einem Glasbecher, und Lore rief den Kellner her. – »Warum bedienen Sie uns nicht? Und nehmen Sie doch endlich das da weg«, sagte sie mit scharfer Stimme. Robert sagte: »Du bist gut.« Der Kellner aber kümmerte sich nicht um sie. Zwei schwarzbärtige Kerle, die am Nebentisch saßen, grinsten. Lore sagte, das seien greuliche Burschen, und sie ärgere sich, weil sie nichts bekomme. – »Laß es doch«, sagte Robert. »Hier kriegen doch nur junge Leute etwas.« Es schien, als ob sie schmerzhaft merke, daß sie nicht mehr jung war.

Robert dachte wiederum an seine Stammtischbrüder. Wenn dich der siebenundsiebzigjährige Herr Bankdirektor jetzt bemerkte, sagte er hernach zu dir: »Man darf niemand stören, wenn er mit einem jungen Mädchen spricht.« Und ein korrekter Abteilungsleiter äußerte sich vielleicht so: »Mit einer Kollegin außerdienstlich auf einer Terrasse sitzen, das hat etwas Befreiendes, gewissermaßen.« Vom alten Professor aber hätte er wahrscheinlich hören können: »Wenn alles ist, wie sich's gehört, dann schau' ich weg: Langweilig halt.«

Robert rief bei Lore an, wie sie es gewünscht hatte, und hörte: »Ich hab' Strümpfe an. Es ist zu kalt fürs Baden. Für meine Bandscheibe ist das nichts.«

Das leuchtete ihm ein. Sie machten aus, daß er vor der Garage auf sie warten werde, und er ging zur engen Straße in der Altstadt, wo eine Autoschlange langsam weiterrückte und im Betongehäuse einer Garage sich verlor. Wagen drängten sich durch staubige Luft, und nirgends sah er Lore.

Da lächelte sie dann in einem weißen Wagen. Robert stieg zu ihr ein und fuhr mit ihr in den betondämmernden Untergrund, wo sie ihren Autoschlüssel emporhielt und in ihr

Täschchen fallen ließ. Er nickte ihr zu, und also war der Autoschlüssel jetzt bei ihr. Heut hatte sie ihn nicht im Schaltbrett stecken lassen wie vor einem Jahr, als ihr Wagen vom Garagenwart hatte geöffnet werden müssen. Und sie lächelte, weil sie jetzt beide daran dachten.

»Du siehst abgespannt aus«, sagte Robert, und sie antwortete: »Ich bin's. Ich weiß auch nicht warum. Freilich, es ist immer etwas los.« Und wieder erzählte sie von Uli, ihrem Sohn, dessen Freundin von ihren Eltern hinausgeworfen worden war. Uli hatte gesagt: »Die schläft bei mir.« Dann war er mit ihr nach München gefahren, und der Vater des Mädchens hatte von Lore wissen wollen, wo seine Tochter sei.

»Der will sie jetzt suchen lassen von der Polizei«, sagte sie, als sie zusammen in ein Kaufhaus gingen, wo Lore einen Umhang für Uli kaufen wollte, einen, der geeignet war, um auf dem Moped getragen zu werden. Und sie fand einen dunkelgrünen, bezweifelte aber, daß er 49 Mark kosten solle, weil er in einer Abteilung hing, wo alle Kleidungsstücke zwischen 19 und 39 Mark kosteten. Weshalb sie den Abteilungsleiter fragte, ob auf dem Preisschild jenes dunkelgrünen Anoraks nicht 39 stehen müsse; doch der Abteilungsleiter sagte, es sei so richtig, wie's geschrieben stehe.

Sie wollte mit einer Kundenkarte bezahlen, griff aber eine falsche aus ihrem Handtäschchen, denn auf dieser Kundenkarte, die sie vorwies, war der Name ihres Freunds vermerkt. Dann bezahlte sie in bar, wurde von der Kassiererin um ihre Unterschrift gebeten, was sie nebenbei mit einem lila Farbstift tat; doch stellte sich's heraus, daß Unterschriften auf einer Kundenkarte bei Barzahlungen überflüssig waren.

»Hast du schon genug?« fragte sie Robert, der mit »Ja« antwortete. Die vielen Leute in stickiger Luft förderten sein Mißbehagen, weil er ans Mineralbad dachte, nun, da es draußen sonnig wurde.

Sie gingen weg und kamen auf einen Platz, der umstellt war von Bretterzäunen. Dahinter klaffte der Boden aufgewühlt, eine lehmige Tiefe, wo ein junger Mann mit gelbem Helm ins Erdreich schaute, während sich die Schaufel eines Baggers niedersenkte, als ob ein Saurier hinuntergriffe. Der im Sturzhelm hieb mit der Hand durch die Luft, und die Eisenzähne gruben sich tief ein. Eine schlanke Dame in engen Hosen und Gummistiefeln, der ein Kreuzchen an goldener Kette vom Sweater niederhing, schaute auf die bröckelnde Erde in der Riesenhand des Baggers und holte eine irdene Kanne aus den Erdschollen. – »Die suchen Überbleibsel«, sagte Robert und wunderte sich, weil Lore in diese lehmige Grube schaute und bemerkte, sie sehe gerne zu, wenn dort etwas freigelegt werde, Reste der Vergangenheit, die unterm Boden schliefen. Und sie sahen Fundamente aus ungefügen Steinen, deren obere Schicht blaugrün war, sahen eine Mauer aus braunen Sandsteinen, in denen eine Luke wie ein Kellerfenster dunkel war, und Lore sagte, dort sei vielerlei dahinter, das sie gerne wüßte.
»Wenn man den Boden aufgräbt, wird's durchsichtig«, sagte Robert, und sie fragte, was durchsichtig werde, und Robert antwortete: »Die Zeit«. – »Was ist die Zeit?« fragte sie, und Robert sagte: »Eine andere Zeit, und hinter dieser andern wieder eine und so bis in die Ewigkeit, wo's unten flüssig ist.« – Nein, erwiderte Lore, das flüssige Erdinnere werde erkalten und erst der kalte Stein sei Ewigkeit, gewissermaßen.
»Und wo ist das Nichts?« fragte Robert.
»Nirgends, weil immer etwas da ist.«

Einmal war sie neben Robert im Mineralbad gelegen und hatte ihren Sohn dabeigehabt, als er noch ein Kind gewesen war. – »Die Leute meinen jetzt, wir gehörten zusammen.

Eine Familie, sozusagen ... Dem ist aber nicht so. Keineswegs«, hatte Lore damals gesagt, und Robert war erstaunt gewesen. Daß sie sich dies wünschte ... sehr merkwürdig. Der Pate ihres Sohnes war dazugekommen, ein Kaufmann und Vertreter, elegant und schlank, von dem sie erzählt hatte, zum Heiraten könne sich der nicht entschließen, weil er überall Freundinnen habe, und das sei wahrscheinlich bequemer oder interessanter. Dann sprach sie mit dem Paten über einen dritten, und der Pate sagte: »Das wird halt auch ein G'spusi von dir gwesen sein.«
Oder später ... Aber das war auch schon lange her.
Da war er mit Lore hinten auf den von Verwitterung geschwärzten Brettern gelegen, die an der Brüstung nach dem Neckar schräg aufgestellt waren, und hatte hinüber zum anderen Ufer gesehen, wo eine weiße Tafel die Nummer 183 zeigte. Darüber war die Böschung, und auf ihr standen junge Pappeln.
Nach vierzehn Tagen war er dann allein im Mineralbad, und heute herrschte graudunstiger Himmel und feuchtwarme Luft.
Von den Badekabinen kam eine Frau näher, und Robert dachte: das kann sie nicht sein, die ist doch älter ... Dann aber nickte sie ihm zu, dem ihre gelbe Bluse und lila Samthose merkwürdig erschienen, gewissermaßen nicht ganz passend.
Sie öffnete neben ihm den Reißverschluß ihrer Hose und sagte, es tue ihr dort immer noch weh: »Vor einem Jahr bin ich ins Krankenhaus gekommen wegen Krebsverdacht. Es war aber zum Glück nichts.« Und während sie sich jetzt im Badeanzug, den sie unter ihrer jugendlichen Kleidung trug, in einem Handspiegel anschaute, bemerkte sie, vielleicht sei's Einbildung, aber sie meine, früher habe sie blauschwarzes Haar gehabt. Und Robert sagte: »Ja, so kommt es mir auch vor.«

Robert dachte, bei ihr ändere sich immer alles irgendwie ... Und eigentlich wollte sie es anders haben, nur wurde ihr das Andere dann auch langweilig; denn sie brauchte die Unruhe.
Er lächelte, schüttelte den Kopf und sagte: »Mir wär's in deiner Wohnung zu unruhig. Ich meine, weil immer wieder jemand anderer hereinläuft.«
Sie sah im Liegen zu ihm her und sagte: »Wieder einmal sind wir verschiedener Meinung, aber das ist nur vorübergehend, wie?« Sie lächelte. Und nach einer Weile fügte sie hinzu: »Erzählst du wieder einmal nichts von dir? Nun, dann erzählst du eben nichts.«
Es klang, als ob sie sich damit abfände. Aber Robert wollte nichts erzählen, weil's ihm lieber war, wenn ein Zwischenraum blieb. Und von ihr brauchte er auch nicht alles zu wissen. Außerdem wußte sie von jungen Menschen zu erzählen, und das war ihm wichtiger als ein Gespräch über ihn selbst (über dich weißt du sowieso zu viel). Und wenn Lore über andere sprach, dann teilte sie doch etwas von sich selber mit, was sie sonst nicht verriet. Und er erinnerte sich, daß sie früher gesagt hatte, das mit dem Medizinstudenten hätte sie nicht anfangen sollen. Was falsch gewesen war, denn der blieb bei ihr. Und Frauen, die mit einem jüngeren Mann zusammenlebten, die waren nicht mehr selten.

9

Roberts Schwester Ottilie erinnerte sich, daß ihr Bruder ein »Skorpion« war, sie selbst aber ein »Löwe«; freilich nur für den, der an Astrologisches glaubte. Wahrscheinlich aber war die Astrologie Unsinn, Schmus und Schwindel.
Soweit Ottilie, die freilich trotzdem dachte, irgend etwas könne an dem Ganzen dran sein, war sich aber nicht ganz sicher. Jedenfalls schienen die Sterne oben ungerührt weiterzugehen. Oder strahlten sie Kräfte aus, die bis zur Erde reichten (denk bloß an die Sonne)? Ohne Sonne wäre hier nicht einmal toter Boden und Gestein.
Nein, Luft und Wasser waren wichtiger, aber nur gewissermaßen. Ohne eines wäre das andere nichts, am wichtigsten aber sei jedenfalls die Erde, sagte ihr Bruder. Der reimte sich so etwas wie Weltharmonie zusammen und glaubte, alles miteinander wirke sich in der Kunst aus.
Eifersüchtig, weil dein Bruder ganz der Kunst gehört? Vielleicht, nur kam es ihr so genau nicht drauf an. Jeder mußte mit sich selber zurechtkommen, und sie, Ottilie Roß, tat's auf robuste Weise, weshalb Stiefelhagen zu ihr gesagt hatte: »Du mit deinem robusten Charme«, was nichts anderes war als eine Frechheit. Freilich, du bleibst nichts schuldig, und dem Stiefelhagen hast du mehrmals heimgeleuchtet. Der malte doch bloß Vorhangmuster und meinte, dabei komme tiefsinnige Kunst zustande.
Du sitzt am Tisch und sinnierst vor dich hin, während dein Bruder längst bei seiner Kunst ist. Seiner Kunst ... ging es ihr durch den Kopf und sie dachte: grad als wäre die sein G'spusi ... Dem würdest du helfen, wenn sich da was anspinnt, obwohl es sich längst angesponnen hatte und sie ihn von der nicht mehr wegbrachte. Doch man gewöhnte

sich an alles, und wenn sie manchmal zu ihm in die Dachstube gestürmt war, hatte er hinter der Tür einen Schemel aufgestellt, über den sie ein Mal gestolpert war, aber dann nicht mehr. Schließlich hätte der seine Tür auch abschließen können. Daß er's nicht tat und, wenn sie ihn stören wollte, immer freundlich lächelnd von der Staffelei auf sie zuging, dies verdarb ihr den Spaß, und sie ließ ihn oben alleine hocken. Der Staubsauger aber sauste und johlte, wann sie's wollte, weil der zu *ihrem* Handwerkszeug gehörte, sie fragte aber trotzdem, ob ihn sein Geräusch nicht störe. – »Bitte, mach es, wie du willst«, erwiderte er, worauf ihr auch das Staubsaugen vergällt war. Und es kam ihr in den Sinn, eigentlich sei's beschämend, wenn sie nicht umhin könne, den Robert mit Quisquilien zu behelligen, einen Ausdruck, den sie von ihm übernommen hatte, weil er zu sagen pflegte, im Künstlerverband gehe es bloß um Quisquilien.
Energisch stand sie vom Tisch auf (Robert hatte seinen Teller und seine Tasse bereits abgespült), werkelte in der Küche, wußte, wie sie früher aufgepaßt hatte, wer sich an ihren Bruder heranmachen wollte, speziell welche Mädchen oder Damen, und erinnerte sich zweier Bäschen oder Cousinen weitläufigen Verwandtschaftsgrads, die manchmal vorgesprochen hatten. Zu denen hast du immer gesagt: Der Robert sitzt oben und malt. Den kann ich jetzt nicht stören ... und warum? Weil sie dir entweder zu vulgär oder zu verlockend vorgekommen sind. Hätt' immerhin sein können, daß er dich neben denen übersehen hätte. Obwohl Robert es sich kaum anmerken ließ, wenn ihn eine interessierte (der weiß, was er dir schuldig ist). Oder war es möglich, daß er vorsichtig, schüchtern oder bloß ängstlich war? Wobei ihr einfiel, was eine ihrer Schulfreundinnen, eine Krankenschwester, zu ihr gesagt hatte: »Dein Bruder kennt ja dich und hat deshalb genug von Mädchen.«

Boshaftes Luder, aber gescheit. Ob die scharf beobachtet hatte? Nun, zutreffen konnte es, was sie sagte, nur hätte sich ihr Bruder dann wahrscheinlich von ihr absentiert und wäre nicht mehr in die alte Wohnung eingezogen. Oder war es ihm gerade recht, wenn seine Schwester, diese alte Bißgurn, ihn beachtete?

Sie fing an, in der Küche Geschirr aus dem Buffet zu räumen und die Bretter abzuwaschen. In Ritzen und Ecken nisteten Mehlmotten als kleine Würmer, die aus weißlichem Flaum krochen und bald überall drinhockten, im Mehl, in den Brotbröseln, im Gebäck.

Frisches, geblümeltes Papier legte sie auf die Bretter im Küchenbuffet und zeigte hernach Robert ihre Ordnung. – »Wie eine neue Richtung in der Kunst: Frisch und streng«, sagte er, denn für ihn waren Strenge und Frische wichtig. Wahrscheinlich töricht, weil doch jetzt Zerrissenes und Fleckiges dargestellt wurde und nichts Schönes. Wobei er hinzufügte, das sei au net schlecht; was sie verwunderte, denn dies hätte er doch ablehnen müssen. Freilich, was er malte, war auch nichts Ideales: so diese rostigen Schlüssel, morschen Gartenzäune, zerbeulten Konservendosen, die da und dort an einer Kante oder am zackigen Rand überraschend hell zu werden pflegten und ein feuchtes Glitzern hatten, das aufglänzte. Es war etwas dahinter, und das Glitzern deutete auf etwas hin, doch war's nur ein Gefühl. Aber vermittelte Kunst etwas anderes als Gefühle? Gesetze gab's darin jedenfalls keine (wie das Fallgesetz in der Natur zum Beispiel). Und weil Robert dies wußte, ließ er alles gelten und sagte übers grausigste Gemälde, das sie sich denken konnte: »Warum auch nicht?«

Der paßte sich – zumindest mit dem Munde – gerne an, in seinem Kopf und seinem Gefühl jedoch blieb alles so gefügt wie er es von Natur aus hatte. Merkwürdig, solch ein Dickkopf.

Auch was die Menschen anging, war Robert nicht drauszubringen, obwohl er mit Livia deutlich danebengegriffen hatte. Solch eine verwöhnte, überspannte Dame paßte nicht zu ihm. Und ganz unmöglich war es von dieser Person, daß sie ihn nach Rom eingeladen hatte. Das tat man nicht, wenn man geschieden war! Eine Launische, die ungeniert herumpoussiert hatte, auch noch als verheiratete Frau. Wenn so der Robert gelebt hätte, wärst du ihm anders gekommen, ha no! Spießbürger aber war er trotzdem keiner, und vielleicht war es ihm letzthin auch gleichgültig (was willst du da machen?). Merkwürdig, daß nicht einmal du an ihn herankommst, obwohl du ihn von allen am längsten kennst.
Irgend etwas war da in ihn eingebaut, vielleicht gar eine unsichtbare Schranke.
Da kannte er doch diese Lore seit Jahrzehnten. Und wie hast du dich angestrengt, ihn von der wegzubringen! Er blieb mit ihr befreundet, weil sie ein lieber Mensch ist (das mußt du zugeben). Trotzdem: auch so eine Schwankende, die immer wieder mit einem anderen ausging. Übrigens eine Schöne, keine so krumme Hutzeldame wie du selbst. – »Warum soll sich die denn nicht umschauen?« sagte Robert, und Ottilie blieb die Spucke weg. Ja so was! Den störte das ebensowenig wie ihr uneheliches Kind. Vom Robert konnte es nicht sein, das war ihr klar. Schließlich hat sie's schon gehabt, als sie den Robert kennenlernte.
Ja, die Künstler ... Und sie schmunzelte und schwieg für sich, dachte an ihren Herrn Messer, diesen Obersekretär, der nebenher Dichter und auch längst pensioniert war. Wenn sie den auf der Straße sah, dann schmunzelten sie sich beide eins. Messers Sohn war jetzt Amtmann in Künzelsau; endlich, nach langem Herumgeschobenwerden, weil der ein schlechtes Examen gemacht hatte. Doch Messer hatte seinen Sohn legal erworben (von der Ehefrau, die sagte: »Abends will er immer dichten, so was Blödes«).

Nun ja, auch einer wie der Messer brauchte seine Muse. Und du hast dich bemüht, ihn zum Höhenfluge anzuregen. Es ging auch gar nicht schlecht. Aber, wie gesagt, etwas Gescheites ist halt nicht daraus geworden ... Mehr etwas Mittelmäßiges, und das hat auch genügt. Deinen Bruder aber hast du im Verdacht, daß dem sein Zeugs sich hält. Der hockt und schaut in sich hinein und holt nach dem Spaziergang das aus sich heraus, was sich in ihm gespiegelt hat. Zum Beispiel welke Blätter, Maulwurfshaufen und ein Stück vom Fluß. Darin ist alles, und später macht er daraus seine Bilder. Der Messer aber hat immer ganz hoch hinaufgegriffen zum Herrn Hölderlin. Als wäre der sein Vorgesetzter. Und sie hörte ihren Bruder sagen, wenn in seinen Bildern bloß das drin sei, was die Kritiker in ihnen entdeckten, sei's mit seiner Malerei wahrscheinlich nicht weit her; – »Wenn's nach denen ginge, dürfte es mich eigentlich nicht geben«, sagte er und sah lächelnd beiseite. Ihr kam es vor, als wüßte er, daß seine Schwester auch nicht anders über ihn und seine Arbeit dachte. Aber gelobt worden war er in der Zeitung öfter. Was sollte man nun glauben: Das was die Herren an seinen Bildern aussetzten oder was ihnen gefiel? Jedenfalls konnte man sich bei Roberts kleinen Gemälden etwas denken. Es fiel einem etwas ein, gewissermaßen, weil aus allem, was er zeigte, Erinnerungen heraufstiegen. Man fühlte sich erinnert, beispielsweise an die Kaffeekanne, die Goldstreifen im weißen Email hatte und deren Deckel oben am Knopf abgestoßen war, weshalb dort das Blech herausschaute. Weit hinten in der Kindheit hatte diese Kanne auf dem Kanonenöfele gestanden, nicht weit von der Bank mit Wachstuchpolster, die der Ofenschirm vor der Hitze schützte. Die Großmutter hatte aus der Bibel vorgelesen, und durch ihre Worte war das enge Zimmer weit geworden, weil die beiden Kinder ihr zuhörten. Und alle drei spürten, wie sie zusammengehörten, die Mauern des Hauses sie beschützten, der Ofen wärmte und wie sie dankbar waren fürs Lebensgeschenk. Die Kaffeekanne war so wichtig wie jedes Möbelstück, wie die Ofenwärme und wie das, was die Großmutter hernach in der Küche tat; denn alles gehörte zusammen. Wenn die Großmutter das Wort »Gott« sagte, war darin das Haus, die Gasse mit dem schneeigen Regen, die Dämmerung und alles andere bis hinauf in hohe Fernen, unermeßlich. Und Ottilie dachte, während sie die Worte der Großmutter im Ohr hatte: »Herr, lehre uns bedenken, daß wir sterben müssen, auf daß wir klug werden«, so sei auch in den Bildern ihres Bruders alles drin, selbst wenn er nur ein rostiges Schloß male oder seine Hand, die sich unter Herbstblätter schiebe. Und sie erinnerte sich eines Bildes mit Gräsern und Steinen am Flußufer, einem herabhängenden Ast überm Wasser bei hellem Licht, ungefähr im Juni. Und auf dem Wasserschimmer war ein Lichtflecken gelegen, als ob er sich bewege und das Wasser fließe. Das Wasser mit dem Schimmern des Lichts hinter dem Gras aber und weil ein herabhängender Weidenast mit lanzettförmigen und auf ihrer Unterseite seidigen Blättern so gemalt war, als ob er sich bewege wie die Schnur einer Peitsche, die im Halter neben dem Bock einer langsam fahrenden Kutsche steckte: dies alles weckte das Gefühl, das Irdische bedeute etwas Anderes, und es lohne sich zu spüren: du bist auf der Welt.

10

Ob Ottilie dachte, ihr Bruder werde noch einmal berühmt? Es schien ihm fast, als ob dies möglich wäre. Und er gedachte seiner Schwester als einer achtbaren Frau. Erinnerte sich ihres Weihnachtskaktus', dessen rote Blüten aus fleischig grünen Blättern hervordrangen und zuweilen eine Art hängender Kette bildeten neben der honigkleberigen Dolde der Wachsblume, deren Saft süß roch. Ottilie pflegte diese Blumen, sprach mit ihnen und sagte, wer einer Pflanze nicht zugetan sei, sie zu streicheln vergesse und ihr keine freundlichen Worte gebe, brauche sich nicht zu wundern, wenn sie welke; denn alles Lebendige brauche Freundlichkeit. Aber auch scharfen Mist als Düngung, den sie für ihren Bruder nicht vergaß.

Robert wünschte sich ihren Mist weniger räß. Auch sparsamer hätte sie damit umgehen können, weil übermäßige Düngung schädlich wie üppiges Essen war. Aber Ottilie versenkte sich in ihre Arbeit, die für sie ein Dienst am Leben war. Staub und Schmutz durften nicht eindringen in Möbel, Kleider oder Leder, weil sie zersetzten. Und sie putzte Schuhe, rieb Politur in gebeiztes Holz, befreite Silber von ätzender Schwärze und nährte so die Dinge, wie sie Robert mit dem von ihr gekochten Essen nährte; weshalb Robert für sich zu sagen pflegte, ihre Arbeit sei in ihr vertieft.

Sagen darfst du ihr das nicht. Die lacht dich aus. Und eigentlich war dieses Wort auch reichlich preziös, speziell im Hinblick auf seine herbe Schwester (du würdest lachen, wenn sie dir mit so was käme). Und er schaute ihr in der Küche beim Abwaschen zu, wo sie Bestecke und Teller ins heiße Wasser tauchte, als ließe sie ihre Hände allein werkeln. Dabei redete sie über den feingeschliffenen Herrn Stiefel-

hagen und seinen Rasiermesser-Charme, den er für humorig halte: »Daß du dir den anhören kannst, versteh' ich nicht.« Stiefelhagen war ihr zuwider, weil er die Nase hochzog, wenn sie vulgär redete oder mit einer wegwerfenden Handbewegung ein patziges Wort hinwarf. – »Der ist doch affektiert. Wie er sich dreht und die Augenbrauen hochzieht oder beiseite spricht, eigentlich recht herablassend ... Und wie belustigt hat dich der Herr angeschaut, als du vom Grenzwald erzählt und gesagt hast, er werde dich von nun an als Waldschratt betrachten, das hat mich verwundert«, sagte Ottilie, die halt ein bißchen bissig war, aber gescheit.
Robert wünschte sich bald wieder im Grenzwald zu sein, weitab, droben in der Kühle. Und er sah das abgelegene Haus vor sich, das eine Holzgalerie hatte und vor dem Wiesen sich hinuntersenkten, Böhmen zu. Der Wald öffnete sich. Draußen waren Höhen ausgebreitet über Tälern.

Mit dem Omnibus kam Robert im Dorf an. Bei der Haltestelle sah er in die Ferne. Das war nicht weit von der Kirche, deren Turm ein neues Kupferdach bekommen hatte. Die Kastanien vor der Kirche standen in dichtem Laub, als wäre immer noch Hochsommer; ihr Grün war unverändert.
Nach dem trockenen Sommer hätte das Laub hier schon angegilbt sein können, doch zeigte sich davon noch keine Spur. Robert ging am anderen Morgen in den Wald, als es kühl und trübe war. Es konnte Regen kommen. Und weil er wußte, daß die abseitigen Wege, die er ging, alle hohes und nasses Gras hatten, suchte er einen tannennadeltrockenen Pfad, der unterm Fuß federte.
Er fand dann eine Krähe ohne Kopf und trennte ihre Flügel mit dem Taschenmesser ab, weil er seine Tuschzeichnungen auch einmal mit Federkielen machen wollte, und dazu eigneten sich Krähenfedern gut.

Dann sah er ein Bachwasser, das neben einer sandigen Forststraße gurgelte und rann. Er betrachtete es, sah einzelne Rinnsale ineinanderlaufen und sich verengen zwischen zwei Granitbrocken, von denen einer ein Moospolster hatte. Und weil das Wasser zusammengedrängt wurde, lief es schneller.

All dies war für ihn wichtig. Wasser, Stein und Moos gehörten zum Ewigen, und es verwunderte ihn, daß er daran dachte. Nun, es gehörte zu ihm. Nur Natürliches war des Nachdenkens oder des Einfühlens würdig, und er überlegte, was er zeichnen sollte. Wichtig war alles, was er hier sah. Und er legte den Krähenrumpf ohne Flügel und Kopf ins klare Wasser, das ihn zwischen breitlappigen Pflanzen überspülte. Er zeichnete dies in sein Skizzenbuch.

Zeichnen, auf der Sandstraße bei der Lichtung gehen. Er sah hinaus und legte sich ins Gras. Es wurde heller und es wurde wärmer. Neben ihm schwankte eine Kreuzspinne an ihrem Faden. Den Rucksack im Nacken, wartete er darauf, wie sie, die bräunlich war und ein gelbes Kreuz auf dem Rücken hatte, sich hinüberschwingen würde zum entfernten Tännlein; aber dann sagte jemand etwas in der Nähe, und er dachte: hier, wo du so oft allein warst ... als er auch schon die Kopftücher zweier Frauen sah. Die suchten nach Heidelbeeren, und ihn verwunderte es nicht, daß sie es taten. Allein hier liegen aber wär' dir lieber.

Die Spinne hatte dann ihr Netz fertiggewoben, und es erfreute ihn, weil das Netz glänzte. Hohes und gebleichtes Gras erschien als ein dichtes Gespinst, goldschimmernd. Merkwürdig, dieses Gelb der Nähe und darüber das Dunkelblau des Waldes, der ferngerückt war und aussah, als wäre er von der Luft ausgewaschen worden; denn in der Höhe unterm Horizont erschien der Wald wie helles Wasser oder ausgebleichtes Leinen.

Im Rucksack hatte er ein krummes Horn von einem Hirschgeweih. Das war am einen Ende zackig abgesplittert, also wohl im Kampf verloren worden. Nicht weit vom Hochsitz hatte er's gefunden, und deshalb dachte er: gut, daß der Jägersmann nicht droben gesessen ist. Vom Tal herauf schaute ein Haus, das lag an einer Wiese, und es war ein Forsthaus. Er war nie begierig, vom Wald aus ein Haus zu sehen, denn es sollte nur der Wald dasein, sonst nichts außer dem Himmel.

Eine zerzauste Buche erhob sich über Tännlein, vermodernden Wurzelstrünken, wucherndem Blaubeergestrüpp. Das feine Gras, das sich am Boden verwob und ineinanderschlang, verfilzte, hatte Äste übersponnen, die darunter moderbraun geworden waren. Bevor er sich hinlegte, tastete er das grüne Gewebe ab, spürte Steine oder Äste und riß sie heraus. Der braune Moderhumus mit den winzigen Graswurzeln roch feucht nach Pilzen, und Robert tat das verletzte Gras leid. Aber liegend mochte er halt keinen Wurzelstrunk und keinen Ast im Rücken haben. Die fühlten sich wie Knüppel an.

Niemand ging etwas an, was er jetzt dachte. Da lag er, holte Käse, Brot und einen Apfel aus dem Rucksack und hatte – gewissermaßen – ein ausgeglichenes Gemüt. Hier wächst du wieder mit dir selbst zusammen . . . Und er dachte an Livia, die nach Rom entwichen war, eine polyglotte Dame. Ihr Seelenleben war das einer Künstlerin. Neben ihr bist du ein kühler Bürger. Und ein freundlicher. Wobei du an Stiefelhagen denkst, der einmal zu dir gesagt hat: »Du bist immer so freundlich.« – »Dann mußt du dir halt was Herberes suchen«, hatte er ihm geantwortet.

Nun ja, die andern merkten schon, daß er sie von sich wegkomplimentieren wollte, doch war's ihm recht, und er sagte wieder einmal zu sich selber: »Au net schlecht.« Er ging auf der Landstraße am Rand der Lichtung und schwang seinen Stock. Als hätte er alles Trübe hinter sich, so war's

ihm jetzt zumute. Wie er es machte, daß es weg war, weit von ihm, wußte er nicht.
Die Straße stieg sanft höher. Er kam dorthin, wo der Weg abzweigte, der zwischen zwei Felsen hindurchführte. Die standen beieinander. Er blieb stehen und schaute am Hang hinauf, wo ihn Licht blendete. Auch hier war eine Lichtung ausgehauen, allerdings seit er's sich denken konnte; fast zwanzig Jahre war das her. Hier roch's nach Hirschfell. Und er dachte an den Hirsch, den er beim Gasthofbesitzer im Souterrain hatte hängen sehen und der so gerochen hatte, wie's hier in der Sonne roch. Ein beizender und ein wilder Geruch.
Die Sonne wärmte kräftig. Es war Nachmittag. Robert ging zwischen den beiden Felsen weiter, um die Fichten standen, weshalb es dunkel war von Schatten. An einem Felsen war eine Leiter festgemacht, die zum Hochsitz hinaufführte, und der Boden war mit Tannennadeln weich gepolstert. Dahinter kam er dann wieder ins Helle. Der Weg war kaum zu sehen, so überwuchert war er mit Farnen und hohen Gräsern. Robert dachte daran, wie er im Mai hier gegangen war, wo noch Schneeflecken im Schatten gelegen hatten. Wie Krummstäbe standen damals noch die Farne, die Blätter eingerollt. Wenige Tage später aber hatten sie sich schon entfaltet.
Er kam ins Weite. Wiesen breiteten sich aus, immer noch sommerlich unverändert. Sie senkten sich zu einem Dorf hinunter, das sich an einer Straße lang hinzog, und Robert fand ein Wirtshaus, das einem Herrn Rossi gehörte. Der war vielleicht mit ihm verwandt. Merkwürdig, daß es diesen Italiener hierher verschlagen hatte, übrigens wie einen gewissen Robert Roß, dessen Urgroßvater noch Rossi geheißen hatte. Und er ging hinein zum »Vetter«, dachte: bestell kein Bier. Mal sehen, ob der einen Kamillentee hat... und bekam diesen Kamillentee (im Beutel) von einem Mäd-

chen serviert, das in seinen abgewetzten Blue jeans so schick aussah, als käme sie aus München. Aber die war längst kein Mädchen mehr.
So vermischte und verwischte sich das Äußere, ein seltsamer Prozeß. Daß sich nun diese abseitige Gegend immer weniger »außer der Welt liegend« zeigte, gefiel Robert nicht. Aber wollte er's den Menschen hier verdenken, wenn sie alles auch so haben wollten, wie es die Leute in der Stadt seit langem hatten? Und Robert schaute in sein Glas voll Kamillentee und sagte zu sich selbst: wenigstens hast du's ruhig, das genügt.
Er ging zum Bach hinunter, wo die Grenze war. Die Wiesen waren am anderen Ufer immer noch verwildert und hatten hohes, vergilbtes Gras. Auch Fichten rückten ins Niemandsland ein und standen da und dort wie erste Vorposten im abweisenden Gelände.

Es dunkelte, als Robert später auf die Straße ging. Die Böhmhänge erhoben sich zu sanfter Höhe, als bekümmere sie nichts. Auf ihnen war kein Licht zu sehen. Alles, was hier sichtbar wurde, deutete auf etwas hin, das gleich blieb. Doch was blieb gleich?
Vielleicht der Sternenhimmel. Und weil Robert Glück hatte mit dem Wetter, sah er heut die Sterne. Er ging im Dunkeln. Manchmal näherte sich hinter Baumstämmen ein Auto und löschte mit seinen Scheinwerfern für einen Augenblick die Sterne aus. Dann war die Gegend wieder still und weit.
Ob er sie einmal malen würde? Dies traute er sich heute nicht mehr auf direkte Weise zu. Da waren frühere Kollegen erfolgreich gewesen, zum Beispiel in der romantischen Zeit. Ja, wenn man das noch gekonnt hätte (dann wär' seit 1810 nichts mehr anders geworden, zumindest in der Kunst; und das wäre schade gewesen, wie?). Weil sich's aber seitdem

mehrmals verändert hatte, wirst du vielleicht einmal deine Augen malen und in ihnen diese Gegend spiegeln ... Die Augen müßten dann größer zu sehen sein. Nein, so wie sie sind. Wenn du auf deinem Bild die Landschaft hineinpraktizierst in deine Augen, wie sie sind, dann wär' dein Bild etwas Besonderes. Nein, auch nicht ... Mal die Böhmhänge und das Tal mit der kalten Moldau, wie es sich in deinen Augen spiegelt: also kaum merklich gekrümmt oder verzogen, zusammengedrängt, aber doch nicht flach ... Und er malte schon für sich, während er hinaussah, auf den Straßenasphalt blickte, stehenblieb und emporschaute zur Milchstraße, die er immer suchte, wenn er im September hier war. Wobei das Wort ›Milchstraße‹ nicht ganz das Richtige war, weil diese Sterne dort an Sand erinnerten, der weggeschwemmt werden konnte, sozusagen; doch währte es noch eine Weile.

Er redete mit sich, bemerkte nur den engen Fleck am Boden, der noch hell war von den Dorflichtern hinter sich. Und dann hielt neben ihm ein Auto.

Robert tat, als bemerke er es nicht, ging weiter. Nun hupte jemand, und im Fensterglas war Stiefelhagens Kopf mit sanft gekrümmter Nase sichtbar, ein Schattenbild, das gerändert war von einem fernen Licht, droben im Dorf. Robert fiel seine Schwester ein, die Stiefelhagen einen »glasierten Kerl« zu nennen pflegte. Wahrscheinlich meinte sie damit die gewandte Sprechweise des Mannes, mit dem Robert befreundet war.

»Was hast du in deinem Rucksack?« fragte Stiefelhagen, und Robert antwortete: »Skizzenbuch und abgeschnittene Krähenflügel.« – »Malst du die?« – »Ja. Und ich will mit ihnen zeichnen, schreiben.«

Stiefelhagen fuhr an den Rand der Straße; stieg aus, fragte Robert, wo er wohne, und strich sich über das dichte, struppige Haar. – »Beim Matthiasl«, antwortete Robert und hoffte, daß Stiefelhagen nicht wußte, wo der Matthiasl zu finden war, aber herausbringen konnte er's natürlich leicht. Schließlich war Matthias drunten im feinen Hotel beschäftigt, wo Stiefelhagen ein Zimmer bestellt hatte. Und er fragte Robert, ob er hier auf dem rechten Weg sei, und Robert sagte: »Ja, geradeaus.«

Ein Dialog durchs Autofenster.

Nun ja, Stiefelhagen war jetzt hier. Du aber willst trotzdem alleine herumgehen, und wie stellst du's an? Es wäre dir nicht recht, wenn Stiefelhagen immer um dich wäre, sogar im Wald. Und er redete mit Stiefelhagen, als ob nix wär', sagte: »Erholen wirst du dich hier schnell von deinen Schulstrapazen« und hoffte, sein Freund möge bald eine Dame finden, die ihn an sich band. Aber vielleicht hatte er sich rasch in diesem Landstrich orientiert und nahm danach weder an der Gegend noch an den hiesigen Menschen Interesse, weil es ihn wieder weiterzog, woandershin.

Immer noch sprach Stiefelhagen durch sein Autofenster und erzählte von einem Bildchen, das er in einer Kunsthandlung gesehen hatte: »Wir beide im Gespräch mit einem schwarzhaarigen Mädchen, elegant, als Frisur einen Herrenschnitt ... So hat man doch früher gesagt, wie?« Robert nickte. – »Also, gut. ›Hilde zwischen uns‹ heißt das Blatt ... Ja, ich hab's erworben!« sagte er und schaute Robert bannend an. – »Soll ich jetzt rot werden?« fragte der, und Stiefelhagen, der ausgestiegen war, reckte den Kopf und straffte sich. Dann fügte er hinzu: »Ich bin nicht klein! Ich bin ...«

Der war also gekränkt, weil ihn Robert so dargestellt hatte, wie er wirkte. Und Robert sagte: »Du, ich meine, wir seien beide nicht besonders groß. Freilich bloß äußerlich. Innerlich bist du mir überlegen. Das muß ich halt mit Fassung tragen.«

Er hat also erwartet, daß du ihm das Bildchen schenkst, dachte Robert im Weitergehen, während Stiefelhagen zu seinem Hotel hinunterfuhr. Und er sah dem Auto nach, dessen Lichter hinter Baumstämmen verschwanden.
Nun merkte er, daß er allein war. Er vermißte Stiefelhagen. Wenn du deine Frau wiedersähest, würde es dich stärken; denn nur aufs Wiedersehen kam's im Leben an. Solang man lebte, wollte man einander wiedersehen. Und er war froh, daß Stiefelhagen hier war.
Robert wäre gerne hier mit seiner Frau gegangen, die einen andern geheiratet hatte. Wie töricht war es, sich zu trennen. Aber was nützte es, wenn er bei ihr bleiben, sie aber weggehen wollte? Immerhin hatte sie sich, was ihre äußeren Umstände betraf, verbessert, war selbständig geworden als Universitätslehrerin und kannte in Rom feine Leute. Dabei erinnerte er sich an einen Abend in der Villa, als viele Herrschaften dort gewesen waren, darunter auch eine Fürstin. Die hatte vom Skiturnier in Kitzbühel erzählt und wie erschreckend hoch die Sprungschanze dort sei. Ihr Sohn aber bewältige sie trotzdem, und sie bewundere ihn grenzenlos.
Ja, die Frauen auf einer solchen Party ... Eigentlich sehr nett. Eine stammte aus einer Geheimratsvilla auf der Schwäbischen Alb und zog, bevor sie lächelte, die Nase kraus. Dann eine mit schulterlangem, hellblondem Haar, die Journalistin war und verwegen aussah; eine mit »guter Figur«. Eine zierliche Schauspielerin mit großen Augen war gleichmäßig gebräunt (bewundernswert). Und dann die Grafentochter, die von ihrem Bruder erzählte, der fünf Kinder habe und sich mühsam durchfrette, auch in Kanada viel Geld verloren habe mit Fehlinvestitionen. Und eigentlich war es gleichgültig, wie man lebte: ob im Palast oder in der Hütte. Ob man's schaffte, durchzukommen? Ob man glücklich war? Immerhin, man hing am Leben ... Und er

malte sich aus, wie's wäre, wenn er hier mit seiner Frau im Walde herumgehen könnte; allerdings müßte sie dann anders sein, als sie jetzt war. Und er stellte sich vor, wie es hätte sein sollen.

Du wärst nicht weit von ihr auf der Lichtung gelegen und hättest deinen Rucksack im Nacken gehabt. Livia saß am Boden und lehnte sich an einen Baumstumpf, die Hände vor dem Knie gefaltet. Er sah ihren Rücken. Ihr Hütchen aus grünlichem Stoff hatte sie aufgesetzt und schaute hinaus. Es waren die Blaubeeren reif. Livia hatte kräftige, gebräunte Arme, trug Hosen und derbe Stiefel. Robert aber hatte ein schlechtes Gewissen, weil er sich nicht neben sie auf den Waldboden gelegt hatte, sondern abseits und hinter ihr. Sie wünschte, daß er nahe bei ihr sei, er aber wollte lieber ein bißchen entfernter liegen, wahrscheinlich um Sehnsucht zu spüren.

Später ging sie auf dem Waldpfad. Dabei klang ihre Stockspitze immer wieder auf den Steinen, die zwischen Moos auf dem Weg lagen. Robert war froh, wenn er dies klingen hörte. Oder sie sagte zu ihm: »Weißt du noch: Vor ein paar Jahren ist hier ein Birkhahn weggepfurrt.«

Im selben Augenblick hatte Robert an den Birkhahn gedacht. Und daß Livia hier mit ihm durch den Wald ging, einen Rucksack auf dem Rücken, das hätte sich nur verwirklichen lassen, wenn seine Frau ein anderer Mensch gewesen wäre als in Wirklichkeit. Dann hätte sie keine Party in ihrer römischen Villa arrangiert, bei der fast alle Frauen wie Lockvögel angezogen waren, also ziemlich bunt. Die Fürstin hatte sich hoch erhobenen Hauptes mit umfangreichem Busen in knöchellangem Gewande präsentiert, dessen handgroße Karos aus grüner, roter und schwarzer Seide geleuchtet hatten, während der Rock schwarz aber mit feinem Glitzerstaub bedeckt gewesen war. Ihr kräftiges, dunkles und hochgebürstetes Haar hatte einzelne weiße Strähnen

gehabt, als wären sie hineingewoben. Und zu Robert sagte ein satirischer Schriftsteller, hier müsse er sich doch wohlfühlen, hier unter den Adligen.
Gewiß, Durchlaucht waren beachtlich, und eine geborene Windischgrätz fragte ihn, ob es von ihm ein Büchlein mit Abbildungen seiner Bilder gebe. Da konnte er ihr dann nur einen Ausstellungskatalog empfehlen, denn sonst war von ihm nichts erschienen. Sie interessierte sich für seine Arbeit, weil er in Hohenlohe-Franken aufgewachsen war, übrigens wie ein gewisser Eugen Rapp, Schriftsteller seines Zeichens. Ob er den kenne?
Nein, Robert erinnerte sich nicht an ihn. Und er fügte hinzu, wahrscheinlich müsse er Durchlaucht vor seinen Bildern warnen, denn er male fast nur rostige Konservenbüchsen und grünspanige Kupferkannen. Dabei fielen ihm die ochsenblutroten Fingernägel einer Dame auf und wie sorgfältig bemalt ihre Wangen waren, und er erinnerte sich, durchs Schaufenster eines Friseurgeschäftes einen schnauzbärtigen Herrn in engen weißen Hosen damit beschäftigt gesehen zu haben, aus einem Tiegel mit einem Pinsel eine Paste aufs Haar einer Zwanzigjährigen zu streichen. Die Dame ertrug dies, vielleicht eines Faschingsfestes wegen oder weil die Paste ihren Haarboden kräftigen sollte. Und wahrscheinlich konnte die Paste hernach wieder ausgewaschen werden.
Er kam zur Alm, wo ein weißer Ziegenbock vor ihm den Kopf senkte, als ob er ihn auf die Hörner nehmen wolle. Und Robert dachte, das grauweiße Bocksfell habe der Haarfarbe jener Zwanzigjährigen entsprochen.
Vor einer Scheune lärmten Kinder, die in den Ferien auf der Alm untergebracht waren, weil ihre Eltern sie nicht brauchen konnten. Die Eltern weilten währenddem wohl irgendwo in Übersee, vielleicht auf den Seychellen. Und ihm fiel wiederum die Party ein, auf der ein kleiner, umfang-

reicher und agiler Generalmusikdirektor Robert emphatisch zugestimmt hatte, als er sagte, er träume immer vom dolce far niente, komme aber nie dazu, weil er nicht nichtstun könne. Die Frau eines Chefredakteurs hatte auf weißem Sitzpolster ihr makelloses Bein bis zur Hüfte entblößt, weil ihr lederner Rock an der Seite geschlitzt war, ihre Nebensitzerin aber trug durchsichtige Strümpfe mit Lorbeerblattmuster und erzählte von ihrer Konversion zum Katholizismus.

Dazu Kristallgläser mit goldenem Rand. Sie glänzten auf einem Tablett, das ein asiatischer Diener reichte, ein kleiner Mann mit dickem schwarzem Haarschopf in weißer Jacke, einer, der lächelte und mit den Augen zwinkerte, ein lautloser, geschmeidiger Mann, der sich hindurchwand zwischen Eleganten, Aufgeputzten, immer gegenwärtig und zugleich verschwunden. Und immer wieder die stattliche Dame: Durchlaucht mit hoher Frisur.

Gute Darbietung. Leider war's nicht möglich, die Bilder an den Wänden anzuschauen. Es blieb nur ein Vorbeihuschen von Farben, die sich mit den bunten Flecken auf den Kleidern der Damen zu vermischen schienen, dem Ochsenblutrot vieler Fingernägel, die seltsam gelängt erschienen, dem Juwelenglänzen. Aber die Eisfläche eines holländischen Sees mit wenigen Figuren, von denen alle männlichen hohe Hüte hatten, sowie einem bizarren Hause, dessen Strohdach eiszapfenbewehrt starrte. Und dann das mächtige Portrait eines verstorbenen Fabrikanten mit Zigarre, kurzhaarigem Rundschädel und vorgeschobenem Kinn, dessen Enkelin als eine Frau Mayensüß (wenn er richtig gehört hatte) vorgestellt wurde und in einem halben Jahr zehn Kilo abgenommen haben sollte, als hinter ihm jemand hustete und er (in Gedanken) wieder auf der Lichtung nicht weit von der zerzausten Kiefer lag. Trotzdem hörte er noch den Gastgeber sagen: »Wenig Gin und viel Tonic«, worauf der Diener dreimal weggehen mußte, bis er die richtige Mischung brachte.

Dann aber hustete jemand ein zweites Mal, und er sah Stiefelhagen oben an der Straße stehen. Der winkte, war im weißen Hemd, zeigte sein struppiges und dichtes Haar und hatte wieder dieses Weltläufige, Gewandte, Polyglotte an sich. Schon auf größere Entfernung war er als solcher erkennbar, bespielsweise jetzt von Roberts Liegeplatz beim Tännlein bis zu der erhöhten Straße, nicht weit vom Hochsitz.

»Du steigst also zu mir empor«, sagte Stiefelhagen und ließ ein kurzes Lachen hören; er setzte es gewissermaßen seinen Worten als launisches Glanzlicht auf. – »Ich weiß, was ich deiner Ausstrahlung schuldig bin«, antwortete Robert, während er, den Rucksack umgehängt, über grasumwachsene Äste und Wurzelknollen zu seinem Freund hinaufkam.

Der sagte dann, der Wald verneble das Gemüt, während die Vernunft zusammen mit der Form nur in romanischen Ländern greifbar seien. Robert erwiderte: »Mag sein. Mir aber genügt's hier.«

Stiefelhagen war also hergekommen, um Robert etwas mitzuteilen, was er schon vor vierzig Jahren zu ihm gesagt hatte. Und Robert deutete auf die Tretsiegel der Hirsche im Sandbelag der Straße: »Aus denen mache ich mein nächstes Bild.«

»Noch einen Schritt weiter, und du bist mitten in der Abstraktion drin«, replizierte Stiefelhagen, was Robert nicht einleuchten wollte, weil er der Meinung war, die Tretsiegel der Hirsche seien etwas Gegenständliches und könnten mit den Fingerspitzen abgetastet werden. Und Robert schaute sich nach Stiefelhagens Wagen um.

Der stand weiter vorne, wo die Straße sich ausbauchte. Robert fragte: »Wie viele Kilometer hast du drauf?« und hörte: »Erst dreißigtausend.« – »Na dann ... « sagte Robert und warf die Hand beiseite, als wäre er im Umgang mit Automobilen ein versierter Zeitgenosse, während er überlegte, wie lange er wohl gehen müsse, um dreißigtausend Kilometer hinter sich zu bringen, konnte es sich aber nicht vorstellen.

Hinterm Steuer seines Wagens sitzend, erzählte Stiefelhagen, wie er hierhergefahren, ausgestiegen und die Straße hinuntergegangen war, weil er gedacht hatte, es lohne sich vielleicht, Ausschau zu halten. Und, in der Tat: »Recht imposant ... Freilich, es ist nicht der Gardasee, wo ich über kahle Höhenzüge fahren kann und manchmal bis Venedig sehe.«

»Nun ja, du ... als weitgereister Mann«, sagte Robert und hörte weiterhin dem Stiefelhagen zu, aus dessen Worten er manches herausnahm, das er sich merkte. Dort drunten waren also in den kahlen Höhenzügen Befestigungen der österreichischen Armee zu finden, aufgebaut unterm Kaiser Franz Joseph, jetzt aber zerfallen oder gesprengt. Aus den Kasematten flatterten im Zwielicht Fledermäuse, und Eulen segelten hervor. Ein Eulengesicht also in der schummerigen Abendluft, das eine Auge halb verdeckt vom Flügel einer Fledermaus, während hinten im Dunkeln ein ferner Tunnelausgang gerade noch hell war. Freilich nur ein gebogener Flecken wie ein Mond, mehr nicht.

»In welches Wirtshaus geht man hier?« fragte Stiefelhagen, und Robert antwortete: »Ich weiß nur, wo ich gerne hingeh': Entweder zum Franz oder zum Weißhäupl. Auch der Matthiasl ist nicht schlecht.« Dabei kroch er ins Auto.

Am nächsten war Weißhäupl. Und Stiefelhagen lenkte seinen ›Golf‹ über die schotterbelegte Straße, auf der der Wagen holperte und schütterte, weshalb Freund Stiefelhagen sagte: »Daß einem so was zugemutet wird.« – »Sie haben halt kein Geld«, fügte Robert hinzu und sah die Waldkapelle, in der drei Menschen sich gerade noch bewegen konnten. Vor hundert Jahren war hier noch eine Siedlung gewesen. Jetzt lagen hier Wiesen, der Blick aber ging weit hinaus in der Abendkühle, während ferne Höhenzüge aus dem Dunkel hervortraten und näherrückten, obwohl sie draußen blieben. Das war eine Wirkung des Abendlichts, und dieses täuschte eine Weite vor, welche nicht da war. Die Weite mit dem fernen Dächerblitzen bei Böhmzwiesel.

Robert war froh, das Auto nicht lenken zu müssen, weil er hinausschauen wollte. Aber wenn du hier alleine gingest, sähest du noch mehr. Und er wünschte sich wieder seine imaginäre Frau herbei, die kräftig ausschritt und hinauszeigte nach Böhmzwiesel. Nicht seine wirkliche, die Livia hieß und in Rom als nervöse Professorin an der Universität eine Villa bewohnte. Die hier trug einen Rucksack und schritt kräftig fürbaß, einen Stock schwingend.

Jetzt blieb sie stehen und pflückte einen Strauß Wiesenblumen, den ihr Robert in den Rucksack steckte. Die Blumen ragten dann oben heraus. Oder er schnitt für sie Silberdisteln aus dem warmen Gras; denn in der Wärme waren sie geöffnet, zeigten ihre blanken Blütenblätter. Jetzt, während es dunkel wurde, falteten sie sich zusammen. In der Stube beim Matthiasl aber stellte sie die Wiesenblumen in ein mit Wasser gefülltes Marmeladeglas.

Schade, daß Stiefelhagen nicht erlaubte, jetzt ein Fenster aufzumachen. Dann wär' der Waldgeruch hereingekommen. Ohne ihn hatte die eingesperrte Luft hier etwas Künstliches. Doch Stiefelhagen war jetzt von der Sandstraße besänftigt, auf der es sich leicht fuhr. Und ein Hase lief vor ihm, einer der seltenen Hasen, die's noch gab.

Nun war Robert also froh, daß die Natur in diesem Winkel immer noch manches bewahrte, obwohl viele sagten, das sei eine Täuschung; doch immerhin, es erschien manches noch so, als wär's gleichgeblieben, zumindest seit du den September hier verbringt. Und er überlegte, wann er zum ersten Mal die Gegend an der Grenze besucht hatte, und kam auf zweiundzwanzig Jahre.

»Also, ehrlich gesagt, mein Herz hab' ich hier nicht verloren. Das ist alles richtig waldesfinster«, sagte Stiefelhagen, als sie beim Weißhäupl aus dem Auto stiegen, und Robert gab ihm recht. Du kannst von Glück sagen, weil der, wenn es ihm gefiele, auch jedes Jahr hierherkäm ... Und Robert fügte hinzu, hoffentlich sei es im Wirtshauszimmer warm. – »Dann bist du also ein bißchen verfroren«, sagte Stiefelhagen und schmunzelte sich eins, worauf Robert anmerkte: »Ich seh' bloß deinen feinen Anzug und denke halt: der wärmt ihn nicht genug.« Denn Robert trug unterm Anorak einen dicken Pullover.

Beim Weißhäupl war's rauchig und kalt, doch schien Stiefelhagen nichts davon zu spüren. Allerdings kam's Robert vor, als ginge er mit langen Zähnen an den Leberkäs heran (»Mal was anderes? Vielleicht Leberkäs mit Ei?« hatte der Wirt gefragt).

Eine Gruppe besserer Herrschaften kam herein, deren Frauen munter kreischten, weil ein grauhaariger Mann mit abgefeimtem Lächeln Geschichten erzählte, die zum Zungenschnalzen animierten. Stiefelhagen fragte, ob die sexuell phantasiereich seien, und Robert kam es vor, als wolle ihn der andere aushorchen oder etwas von ihm erfahren, was ein bißchen seltsam, neuartig oder absonderlich sei.

Robert fragte Stiefelhagen: »Spürst du ein Verlangen nach etwas sexuell Besonderem?« drehte sich um, schaute die Leute an und sagte, das mit dem Sexuellen könne man wahrscheinlich niemals vorauswissen. Und er fügte hinzu:

»Sexuelle Phantasie ... meistens ein bißchen neurotisch.« Wobei er Stiefelhagen zulächelte, als ob er sich unschuldig fühle, im übrigen aber wisse, worauf der andere hinauswolle. Und immer noch kam er – freilich nur in Gedanken – nicht von jener Party damals in Rom los, auf der die Frau eines Kunststoffabrikanten zu einem Herrn vom Rundfunk gesagt hatte: »Dieses Lokal hat doch ein Schwuler aufgemacht. Aber, was tun die dort? Negerinnen aufreißen?«
Ihm selber jedoch war etwas anderes widerfahren.
Als er am Boden gehockt war, kam eine junge Frau im knöchellangen, braun gestreiften Kleid zu ihm, kniete vor ihm nieder, sah ihn an, als durchdrängen ihre Blicke seine Augen, weshalb er auf die Seite schaute. Trotzdem drangen ihre Blicke wieder her, und jemand sagte, diese Dame ziehe immer die Schuhe aus.
»Ich möchte mit Ihnen reden, weil Sie mir am nächsten sind«, hörte Robert sie sagen. »Früher wollte ich mit Ihnen einmal tanzen. Es war im vergangenen Jahr.«
»Sie haben auch mit mir getanzt, übrigens ohne Schuhe. Ich aber habe meine Schuhe anbehalten.« Und er fügte hinzu: »Auf die Zehen bin ich Ihnen getreten. Das ist mir lange nachgegangen.« Dabei erinnerte er sich, daß sie ihm etwas zugeflüstert hatte, was er nicht verstanden hatte. – »Was wir da gehabt haben, das war doch ... « Sie sagte nicht »schön«, aber ihre Worte hatte er noch im Gedächtnis. Dicht an seinem Ohr waren sie geflüstert worden. Die Bewegung ihrer Lippen war zu spüren gewesen.
Jetzt sagte er: »Wenn ich früher unter so viele Menschen gekommen wäre wie jetzt, da ich alt bin ... «
»... dann wären Sie halt auch so ein hoffnungsvolles Genie geblieben.«
»Nun ja, ich wollte etwas zustandebringen außerhalb meines Jobs als Werbezeichner.«
Sie lachte leise, und Robert dachte, vielleicht habe er ihr

noch etwas erzählt, was ihr bis heute in Erinnerung geblieben sei. Er sah den Raum mit den weißen Sitzpolstern und den breiten Bildern, spürte, während er saß, wie ihn jemand in den Rücken stieß, der sich entschuldigte, und hörte die Frau sagen: »Jetzt muß ich gehen. Der Chauffeur wartet.«
Robert hätte sie gerne gefragt, wie viele Pfunde sie abgenommen habe, denn früher war sie ihm dicker erschienen. Damals hatte sie sich am Buffet nur wenig auf ihren Teller gelegt und mit einem Blick auf seinen Teller leise gesagt: »Das können sich nur schlanke Menschen leisten.«
Jetzt sagte sie: »Ich muß nach Hause. Meine Kinder warten ... « – »Dann stehen Sie um halb sieben Uhr auf?« Sie nickte und ging weg; schmiegte sich hinter Robert an einen hochgewachsenen Mann und flüsterte mit ihm, doch hatte sich dies alles nicht in Rom ereignet, sondern in einer anderen Stadt, vielleicht in Wien. Und er überlegte, ob er sich damals falsch verhalten habe.

Froh, es hinter dir zu haben. Also gut, dies alles lag weitab. Das klare Wetter erleichterte seiner Frau die Reise; denn er stellte sich die Dame, die er sich ausdachte, in einem Schnellzugabteil vor. Sie hatte sich entschließen müssen wegzufahren, und es war ihr schwergefallen.
Warum fiel ihm dies heute ein, da er mit Stiefelhagen im Wirtshaus saß? Wahrscheinlich, weil er allein war. Und er erzählte Stiefelhagen von den Leuten hier im Dorf.
Früher war er oft hinter den Häusern über die Wiesen gegangen; denn dort schaute er weit hinaus. Der Schmied aber hatte sich geärgert, weil Robert seinem Hund mit dem Stock gedroht hatte. Allerdings hatte ihn der Hund verbellt und war zähnefletschend herbeigerannt; aber als Fremder in vorgerückten Jahren drohte man halt nicht dem Hund des

Schmiedes, einem weißen Spitz mit gerecktem buschigem Schwanz, der wie ein Flämmlein zuckte. Und der Schmied hatte im Dorf verbreitet: »Dieser Maler, der beim Matthiasl wohnt, geht alleweil durch meinen Grund. Das soll er bleibenlassen.«

Seitdem blieb Robert auf der Dorfstraße; schaute aber wenig später das renovierte Haus des Schmiedes an, und der Schmied kam vom Metzger her über die Straße. Robert stand neben dem Brunnen, dessen Wasser aus einer gebogenen Eisenröhre in den Granittrog sprang, und sagte: »Ihr Haus kann sich jetzt sehen lassen.«

Der Schmied lächelte und schüttelte den Kopf: »O mei, da fehlt's noch weit!«

»So? Für mich ist's schön. Daß im Dorf jeder sein Haus selber umbaut: Alle Achtung! Das kann ich nicht.«

Von nun an hatte der Schmied gegen Robert nichts mehr im Sinn, und Robert hätte wieder so wie früher hinter den Häusern durch die Wiesen gehen können. Nun aber hielt er sich zurück und ging weiterhin auf der Straße; schließlich hatte er sich auch daran gewöhnt. Und er sah Stiefelhagen lächeln, als er's ihm im rauchigen Wirtshaus erzählte. Und Stiefelhagen trank sein Bier aus. Dabei hielt er das schwere Glas wie ein Einheimischer fest (indem er die Hand durch den Henkel steckte). Und wieder einmal bewunderte er Stiefelhagen, seiner Gewandheit wegen und weil er sich so rasch anpassen konnte. Du aber stellst dich nicht gern um. Und obwohl er schon seit langem hierher in Urlaub ging – immerhin waren's zweiundzwanzig Jahre –, fühlte er sich als ein Fremder. Doch dies war dann auch wieder nicht ganz schlecht, weil er deshalb nur vorsichtig und hintenherum nach seiner Arbeit gefragt wurde: Wie lange er für ein Bild brauche und was er dafür bekomme.

Der Sohn des Schusters setzte sich zu ihnen, nickte Robert zu und fragte: »Zahlt es sich denn aus?« – »Manchmal schon. Es kommt halt darauf an, wieviel du zum Leben brauchst. Reich werd' ich nie, außer ich hab' einen Welterfolg. Es gibt ja welche, die verkaufen ihre Bilder in Acapulco genauso wie in Düsseldorf.«

Der junge Mann nickte und fragte: »Wie lange malen Sie an einem Bild?« und als Robert »manchmal zwei Jahre« sagte und »aber das ist selten« hinzufügte, fuhr sich der andere an den Mund: »Ums Himmelwillen!« Doch Robert beruhigte ihn: »Manchmal bin ich in drei Wochen fertig.«

»Ah so ... Dann brauchen Sie so lang wie ich für ein paar Stiefel.« Und er rechnete aus, wie viele Bilder Robert im Jahr machen konnte, kam auf »siebzehn, achtzehn im Durchschnitt«, worauf Robert einwarf: »Ja schon ... Aber jeden Tag male ich nicht. Jetzt zum Beispiel tu' ich nichts. Ich schau' mich halt bloß um.« Und der junge Mann sagte: »Vielleicht ist das am wichtigsten für Sie, könnte ich mir denken.«

Robert verdiente nicht mehr als ein Flickschuster auf dem Land. Das hatten sie also herausgebracht. War es beschämend für einen Stadtmenschen? Wahrscheinlich schon, denn Robert hatte ja nicht mal ein Auto ... Dabei wunderte er sich, daß er dieses Vehikel nicht vermißte, sagte zu Stiefelhagen: »Ich bin überall hingekommen, wohin ich gewollt habe.« – »Mit dreiundzwanzig hast du zu mir gesagt, im Staubmantel aus einem Auto steigen und die Tür hinter sich zuschlagen: so mit eleganter Geste, das sei schon was. Wahrscheinlich dachtest du, es gebe einem Schwung und Auftrieb. Man fühle sich erhoben, sozusagen.«

»Ja, das habe ich gesagt. Ich meine halt, so fühle sich jeder Autobesitzer. Außerdem gab's damals wenig Autos ... Wenn ich aber heute eine Autotüre hinter mir zuschlage, habe ich nur das Gefühl: vielleicht hast du's zu sanft gemacht, und die Tür steht noch offen. Oder zu grob, und du hast des Herrn Autobesitzers liebstes Kind ramponiert. Wie's halt so geht.«

Stiefelhagen schmunzelte, und Robert dachte, wahrscheinlich wisse Stiefelhagen besser über ihn Bescheid als er selbst. Dabei läßt du's bewenden.

Robert war froh, bald danach das Wirtshaus hinter sich zu lassen, Stiefelhagens Auto nachwinken und in seinen Gasthof gehen zu können, jetzt wieder allein.

Es war ja alles schön und gut. Nun wurden hier die Kirschen reif, Mitte September. Sie waren freilich nur so groß wie Beeren, schmeckten aber süß und hatten einen herben Nachgeschmack wie im Flachland nie. Tausend Meter hoch waren die Berge, und was die Kirschen anging, so hatte sie bekanntlich Herr Lukull aus Persien nach Rom gebracht; wenigstens meinte sich Robert dessen zu entsinnen. Außerdem war es egal.

Er ging durchs Dorf bis dorthin, wo die Straße eine Kehre machte. Zwei Wanderer gingen vor ihm, ein langer junger Mann neben einem Mädchen, und Robert sah ihre Rucksäcke an. Das waren hochgetürmte Lasten.

Robert fragte, wie sie damit zurechtkämen. – »Leicht. Prüfen Sie nur mal.« Und Robert ließ sich die Gurte zeigen, mit denen die Säcke abgestützt waren, und hängte sich den Rucksack des Mannes um. Jawohl, es ging sich damit leicht.

Die hatten ein Zelt dabei. In Breitenberg hatten sie's im Garten einer alten Frau aufschlagen dürfen, und es war gut gegangen. Allerdings triefte am anderen Morgen die Zeltbahn vom Tau. Bis sie dann wieder trocken war, das dauerte schon eine Weile.

»Der Andreas ist Förster«, sagte das Mädchen, und der junge Mann erzählte, daß er sein Studium abgeschlossen habe: »Im Herbst fange ich beim Forstamt an. Bis dahin muß man die Zeit irgendwie überbrücken.«

Er war in Westfalen zu Haus und sagte über das Mädchen: »Sie ist Lehrling.« Robert fragte, was er über die Waldschäden denke. – »Die sind beachtlich.« Er zog die Augenbrauen hoch. – »Und wie ist's mit der Kalkdüngung vom Hubschrauber aus? Hat die einen Wert?« – »Das ist ungefähr so wie schminken.«

Robert ließ die beiden vorausgehen, und als sie drunten an der Straße bei den Ebereschen waren, rief er ihnen zu, sie sollten einen Augenblick warten.

Sie standen neben einer Wegkapelle, als Robert sagte: »Sie haben da etwas verloren.« – »So?« sagte Andreas. Da gab ihm Robert einen Hundertmarkschein, und das Mädchen umarmte Robert, indem sie »Oh!« sagte. – »Übernachten Sie im Gasthof«, riet ihnen Robert. »Und trinken Sie ein Gläschen auf mein Wohl«, was sie versprachen, als Robert seine Großzügigkeit bereits bereute. Womöglich ist der Bursch der Sohn eines Managers, dachte er. Aber nett ist es natürlich von dir trotzdem, sapperlot! Und er lächelte, stellte sich vor, wie die beiden an ihn dachten, mindestens bis zum nächsten Gasthof. Und ein ganz raffinierter Genuß ist's für dich, daß du als anonymer Wohltäter aufgetreten bist. Falls es überhaupt für die beiden eine Wohltat war. Allerdings, das Mädchen hatte spontan reagiert. Und wer eine Prüfung bestanden hatte, mußte belohnt werden; denn dies war doch bewundernswert.

Als er ins abgelegene Dorf kam, war's noch hell. Zwischen einem Sägewerk und einem Wirtshaus ging er vorbei und schaute auf den dunklen Bach unter dem Brücklein. Dort stand inmitten hoher, vertrockneter Gräser, die Büschel braunen Flaums bewegten, ein neues Holzhaus, das leer war, ein kleines, wohl für Feriengäste. Bretterstapel ragten vor steinernen Häusern bis zum ersten Stock. Diese Siedlung hier am Rand des Ortes war willkürlich angelegt, als hätte man die dunklen Häuser so hingestellt, wie's praktisch war: mal da eines, mal dort eines, lauter hineingestreute Häuser.

Robert sah in die Wiesen mit dem Bach, der aus dem Walde kam. Tief hingen Wolken und schleiften über Tannenspitzen, die verwischt vom nassen Grau erschienen. Drüben stand die Dorfkirche auf einem Hügel. Sie erschien elegant, jugendstilelegant unter nüchternen Häusern.

Das Land öffnete sich Böhmen zu. Der Bahnhof war stillgelegt. Hinter einer schwarzrissigen Schranke war der Weg überwuchert und verlor sich im Tschechischen. Dort stand ein Tännlein. Schlaffes und bräunliches Gras lag wie vergessenes Heu auf den Hängen jenseits der Grenze zwischen Wäldchen oder Hainen, alle düster. Es war, als hätte sich in diesem abgelegenen Winkel das Land besänftigt und es gehe gleichsam blättervermummt weiter, schweigend. So war's immer gewesen, und daß es lange her war, seit sich das Land ausgebildet hatte, das war spürbar.

Dann stand ein Mann im dunklen Havellock auf dem Brücklein mit der verwitterten Schranke. Daß du ihn zuvor nicht bemerkt hast, ist merkwürdig. Nun war er da und schaute her, ein stattlicher Mensch, wie man früher gesagt hätte, und Robert kam er bekannt vor. Zum Kopfschütteln, gewissermaßen, weil er da war, barhaupt im dunklen Havellock, einer Art Kutschermantel. Der war jetzt wieder Mode. Der Mann hatte ein breites, gelbliches Gesicht, als ob er's auf der Leber habe. Auch fiel es Robert auf, daß ein Zipfel seines Umhangs wie von einem Nebelfetzen verdeckt aussah oder als wäre der Stoff an dieser Stelle dünn, schäbig und beinahe durchsichtig geworden.

»Ich weile in dem Waldwirtshaus, um zu schreiben, und habe mich herbringen lassen mit dem Omnibus«, sagte der Mann. Es hörte sich zeremoniell an.

»Ich entsinne mich, Herr Hofrat«, sagte Robert und dachte, die Begegnung passe hierher ins Zwielicht.
»Nehmen Sie das Ganze, bitte, nicht zu feierlich, mein Herr«, entgegnete der andere, was Robert überhörte, weil er dachte: vertraulich darfst du ihm nicht kommen. Und ob du in Luft griffest, wenn du versuchtest, ihm die Hand zu geben?
Der Hofrat hob den Zeigefinger, und es schien, als deute er auf den Regen hin, der sich als grauer Schatten ins Tal einschlich, nachdem er die Höhenzüge an der Grenze fast weggewischt hatte.
»Wir begeben uns ins Trockene, was klug sein dürfte«, sagte der Hofrat, und Robert kam es vor, als sei der Zipfel des Umhangs, den der andere trug, gelblich geworden wie das Gras auf dem jenseitigen Bachufer.
»Haben Sie bemerkt, daß sich die kalte Moldau sowohl der Gestalt als auch dem Wesen einer Schlange nähert?« fragte er Robert, der ihm zustimmte, auch als der andere die Meinung äußerte, das Moldauwasser begünstige die Auflösung der Grenze. Er meine nicht die Grenze Böhmen zu, sondern die Grenze eines anderen Bezirks. »Der macht sich hier seit langem schon bemerkbar.«
Was er damit sagen wollte, begriff Robert nicht, doch erinnerten ihn seine Worte an gewisse eigene Vorstellungen, von denen er annahm, der Hofrat kenne sie. Dann folgte er ihm hinter die beim Sägewerk aufgeschichteten Bretter, hatte Mühe, den Mann nicht aus den Augen zu verlieren, weil er immer wieder links und rechts um die Ecke ging. Die Bretterstapel standen eng beisammen, manche sahen schwärzlich aus, und zwischen ihnen waren schmale Gänge.
Dann kam er zu einem Stadel, dessen Türe offen stand. Er meinte, jetzt habe er den Hofrat endgültig verloren. Dicht vor der Scheune erhob sich eine Brettermauer, lauter frische Bretter, gelblich und weiß, und sie berührten die Dachrinne

der moderbrüchigen Scheune, die eine schiefe Türe und Moospolster auf dem Dach hatte. Seine Schindeln waren da und dort herausgebrochen.
In der Türöffnung stand der Hofrat vor einem nassen Heuhaufen, und sein Gesicht war breiter als zuvor. Weil die Dunkelheit hier dichter wurde als zwischen den Bretterstapeln, waren des Hofrats Füße nicht mehr sichtbar. Als ob er eingesunken wäre in den modermulmigen Boden des Heustadels.
Dann leuchtete etwas im Stadel. Die Lichtquelle erschien verdeckt von der Gestalt des Hofrats, doch drang ihr Schein an seinen Armen und Schultern hervor, bis er beiseite trat und ein Stück Holz, ein moderiger Wurzelknollen, wie Glühwürmer leuchtend, im nahen Heu lag. Der Schein verging allmählich und löschte aus, worauf Robert allein war.

Er wollte herausbringen, was es bedeute, wenn er einem verstorbenen Hofrat in einer Scheune begegnete, wo eine vermodernde Wurzel auf einem Fuder nassen Heus zu leuchten schien. Freilich, den Hofrat hatte er sich eingebildet, aber das leuchtende Holz war ›wirklich‹ gewesen. Davon ließ sich Robert nicht abbringen, allein schon deshalb nicht, weil er malen wollte, was er gesehen hatte. Und er zeichnete den Hofrat auf dem Brücklein mit der Holzschranke und dem überwachsenen Pfad dahinter, zeichnete die Bretterstapel vor der Sägemühle und sagte immer wieder zu sich selber: »In der Trübnis eines Regentages siehst du ein glostendes Wurzelstück.«
Licht, das aus Verfall herausglüht, vielleicht war dies gemeint? Dann kam es also darauf an, Vergängliches zu preisen. Was du seit langem tust. Denk nur an deine Bilder rostiger Konservendosen. Und wenn Verdorbenes auf-

glühte hinter einem Schattenmann in einer Scheune, dann war damit der ewige Kreislauf gemeint und daß auch in der Auflösung Kraft war, Verwandlungsfähigkeit. Aus allem, was verschwand, wurde etwas Neues.

Aber was? Gut, daß dies niemand wußte.

Weitergehen und dabei ins Gras eindringen, ins Wasser, das dich hinwegzieht von dir selber. Und er merkte, wie selten es gelang, im Stein zu sein, im Waldesboden, sich hineinzustehlen in das Moos. Wenn dein Gefühl sich dorthin verflüchtigt hat, ist auch dein Leib sauber samt dem Inneren des Kopfes. Und er gedachte seines Leibes und daß sie eigentlich zu dritt beisammenlebten: Seele, Hirn und Leib; wobei es nicht ganz sicher war, ob Seele, Hirn und Leib voneinander getrennt wirken konnten. Es schmolz doch alles ineinander.

Hermann Lenz
im Suhrkamp Verlag und Insel Verlag

Andere Tage. Roman. st 461
Die Augen eines Dieners. Roman. st 348
Die Begegnung. Roman. Leinen und st 828
Bilder aus meinem Album. Leinen
Dame und Scharfrichter. Erzählung. BS 499
Das doppelte Gesicht. Drei Erzählungen. BS 625
Erinnerung an Eduard. Erzählung. Leinen
Ein Fremdling. Roman. st 1491
Hotel Memoria und andere Erzählungen. IB 1115
Der innere Bezirk. Roman in drei Büchern. Leinen
Jung und alt. Erzählung. Leinen
Der Kutscher und der Wappenmaler. Roman. st 934
Leben und Schreiben. Frankfurter Vorlesungen. es 1425
Der Letzte. Erzählung. BS 851
Neue Zeit. Roman. Leinen und st 505
Der russische Regenbogen. Roman. st 531
Schwarze Kutschen. Erzählungen. Leinen
Seltsamer Abschied. Leinen und st 1760
Spiegelhütte. BS 543
Das stille Haus. Erzählung. Leinen
Tagebuch vom Überleben und Leben. Roman. Leinen und st 659
Der Tintenfisch in der Garage. Erzählung. Leinen und st 620
Verlassene Zimmer. Roman. st 436
Der Wanderer. Roman. Leinen und st 1492

Zu Hermann Lenz
Einladung, Hermann Lenz zu lesen. Herausgegeben von Rainer Moritz. stm. st 2099

31/1/12.90